瑞蘭國際

信不信由你

一週開口說德語

徐麗姍　著　繽紛外語編輯小組　總策劃

作者序

　　一直以來，在臺灣只有極少數人學習德語。在較早的年代，它是大學醫科、法律、數學等科系必選修的語言，也許因為如此，德語總是給人高不可攀、不容易學的印象。有一次搭乘計程車，中年歲數的司機得知我教德語之後，不假思索的說：「喔，那是精英的語言。」我這時才意識到，人們對德語的看法是那麼的根深蒂固。此外，也因為德國、奧地利、瑞士這些說德語的國家，都位在距離臺灣十分遙遠的歐洲，地理位置又更加深了人們對這個語言的疏離感。我喜歡問別人：「若要學習一種歐洲語言，你會選擇什麼？」，答案很少是德語。再追問為什麼不是德語，通常會得到「德語很難學」、「德語不悅耳」、「德國人太嚴肅」這些回答。

　　但是現今的世代，享有無遠弗屆的網際網路所提供的資訊，消弭了地理上的距離，引起人們進一步互相認識的興趣；歐盟崛起，身居龍頭的德國更是動見觀瞻；地球村息息相關的政經情勢，讓人不能自外於此，而語言正是直接溝通的利器，學習歐洲最重要的語言德語，是有其積極的必要性。

　　參加語言課程是學習德語的好方法，但是如果挪不出時間，也可以找一本簡單、清晰、脈絡分明的入門書自學，而這正是我編寫本書的目的。《一週開口說德語》的編輯風格輕鬆易讀，且全書利用德國國旗黑紅黃三色來呈現，其書名傳遞出的訊息是：「這本書很容易入手，有人正確的引導你從第一步開始學，請你放輕鬆，你會學到東西。」，至於是不是一週學完內容其實並不重要。

　　全書分為七課，其中用三課的篇幅來介紹字母和發音，讓你能更細緻的認識德語的聲音和揣摩發音方法，並且感受德語和中文的異同。只要大聲的唸出聲音，那麼你就踏出最重要的第一步了，排除了恐懼之後，在課程的不斷提示下，就有機會

修正和進步。而且隨著每個字母教你一句實用的日常用語，讓你在學習途中不會覺得單調。第四課至第七課的主題分別是：問候他人與介紹自己、認識物品、家人與休閒、天氣、健康與旅遊。每一課除了學習與主題相關的字彙之外，還有基本的文法規則，並且將句型說明和文法說明的部分與課文並列，讓你方便閱讀，然後是練習題，讓你藉著練習題再復習一次，加深印象，全課的最後是一篇呼應主題、介紹德國風土民情的短文，作為該課完滿的結束。學習的過程中需要不斷的打氣和加油，所以我在每一課起頭處，分享一則德語諺語，如：萬事起頭難、欲速則不達等等，是陪伴你也是督促你。

　　不論你是淺嚐德語，或是受到啟發而投入更多的時間學習，我都希望這本書確實幫上了忙。其實我最想說的是：你選對書了！打開書，張開嘴，張開耳朵，跟著說，跟著學！

Glauben Sie mir. Sie können es schaffen.
相信我，你辦得到！

●●● Step0
在德語字母與發音之前

在德語字母與發音之前

德語是拼音文字，由字母組構成字，而且字母就是音標，因此德語字母和英文字典不同，它不會為每一個單字註明音標，只有不按照德語發音規則的外來字會有音標的標注，所以認識字母與發音規則是開口說德語的第一步。

德語共有三十個字母，是以大家熟悉的二十六個英文字母，加上 ß, Ä, Ö, Ü 四個特殊的字母所組成。其中 A, E, I, O, U, Ä, Ö, Ü 是母音功能的字母，其他字母都是子音功能，此外，還有雙母音、雙子音，以及必須注意的字母組合。

母音有長音、短音的分別：

長音：母音後方是 H，例如 ruhig, früh，或重疊母音 aa, ee，例如 Staat, Tee 等。
短音：母音後方有兩個或兩個以上的子音字母時，例如：ich, zurück, frisch, essen, schnell, Stadt 等。
德語字典會為每一個單字標註重音節母音的長短，例如：Tag 母音下方的橫線表示長音，zurück 母音下方一撇「點」，表示短音。

本書以三課的篇幅來介紹德語發音：

第一課：介紹十五個字母 A, B, C, D, E, F, G, H, I, J, K, L, M, N, O
第二課：介紹十五個字母 P, Q, R, S, T, U, V, W, X, Y, Z, ß, Ä, Ö, Ü
第三課：介紹雙母音 AI, EI, AY, EY, EU, ÄU, AU, IE
　　　　以及雙子音和必須注意的字母組合 PF, PH, NG, NK, QU, SP, ST, TZ, CH, SCH, TSCH

每一課進行的步驟是：

1. 首先介紹字母的唸法。
2. 在「小小可唯」裡說明這個字母標示的是哪一個音。
3. 針對字母舉例做練習。
4. 最後認識一個日常口語的詞彙。

「國語注音符號」是我們用來標示自己語言的一套音標，用熟悉的注音符號來為德語標音，應該能讓學德語的人感覺親切、不陌生，因而更容易入門。也希望利用語言之間的共通性，讓初學德語的人以母語為基礎，而觸類旁通，因此也附加使用「國語注音符號」提示德語發音。

雖然音標和發音規則能幫助我們發出發音，但是我們必須注意每一種語言各有自己的特色，不論發音部位，或是控調都不盡相同，就以德語和中文比較，德語發音口型比中文動作大、用力，發音部位肌肉的緊張度高，例如：中文的「父」為齒唇音，但是沒有德語的 [f]用力。中文的「衣」好像和德語的 [i]一樣，但是發 [i]時，嘴要盡量往兩邊咧開，口型要到位，發音才會清楚。

下列表格整理出字母、字母的唸法、字母所標示的音：

字母	字母唸法	標示的音
A	[aː]	長音 [a] 或短音 [a]
B	[beː]	[p] 或 [b]
C	[tseː]	[ts] [k]
D	[deː]	[d] [t]
E	[eː]	長音 [e] 或短音 [ɛ] 或 輕音 [ə]
F	[ɛf]	[f]
G	[geː]	[g] [k] [ç] [x]
H	[haː]	[h] [ː]
I	[iː]	長音 [i] 或短音 [ɪ]
J	[jɔt]	半母音 [j] 或 [dʒ]
K	[kaː]	[k]
L	[ɛl]	[l]
M	[ɛm]	[m]
N	[ɛn]	[n]
O	[oː]	長音 [o] 或短音 [ɔ]
P	[peː]	[p]
Q	[kuː]	和字母 U 組成 QU，發出 [kv] 的子音組合
R	[ɛr]	[r] [ɐ] 母音化
S	[ɛs]	[s] [z]
T	[teː]	長音 [i] 或短音 [ɪ]
U	[uː]	長音 [u] 或短音 [ʊ]
V	[faʊ]	[f] [v]
W	[veː]	[v]
X	[ɪks]	[ks]
Y	[ypsilɔn]	長音 [y] 或短音 [y]
Z	[tsɛt]	[ts]
ß	[ɛstsɛt]	[s]
Ä	A-Umlaut	長音 [ɛ] 或短音 [ɛ]
Ö	O-Umlaut	長音 [øː] 或短音 [œ]
Ü	U-Umlaut	長音 [y] 或短音 [ʏ]

在學習德語之前，德語到底要怎麼發音，可以先利用「發音要點」的說明，學習基礎知識。本篇除了介紹德語基本發音規則之外，也告訴您第一天到第三天學習的步驟以及該注意的事項，了解之後，便能更快的進入狀況！

Step1
學習德語字母

運用本書的第一天到第三天，輕鬆學會德語字母。只要三天，德語基本字母，以及雙母音、子音組合，聽、說、讀、寫一次學會！

字母唸法
用嘴型說明，並用注音符號輔助，輕鬆開口說德語！

發音
學習最正確的德語字母發音！

CD 序號
配合 CD 學習，德語基本字母，以及雙母音、子音組合才能更快朗朗上口！

小小叮嚀
認識德語字母發音的訣竅全部都在這裡！想知道德語要怎麼發音嗎？長音和短音又有什麼不同？看小小叮嚀就對了！

寫寫看
學完立刻練習，才不會學過就忘！

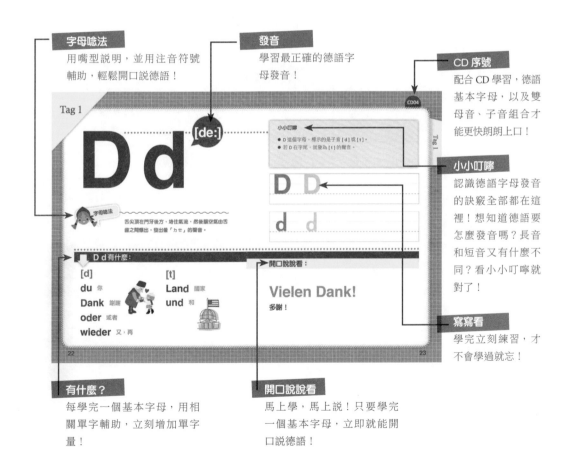

Tag 1

D d [de:]

小小叮嚀
- D 這個字母，標示的是子音 [d] 或 [t]。
- 若 D 在字尾，就發為 [t] 的雙音。

D D
d d

字母唸法
舌尖頂在門牙後方，堵住氣流，然後讓空氣由舌齒之間擠出，發出像「ㄉㄜ」的聲音。

■ D d 有什麼：

[d]
du 你
Dank 謝謝
oder 或者
wieder 又、再

[t]
Land 國家
und 和

▶ 開口說說看：

Vielen Dank!
多謝！

22   23

有什麼？
每學完一個基本字母，用相關單字輔助，立刻增加單字量！

開口說說看
馬上學，馬上說！只要學完一個基本字母，立即就能開口說德語！

005

Step2
學習生活常用字彙

接觸德語的第二步，就是學習日常生活中的常用單字。本書第四天到第七天，依照初學者必學的四大情況，羅列各種情況下會出現的相關單字與會話，並同時學習基礎文法。只要跟著本書逐步學習，您會發現德語其實一點也不難！

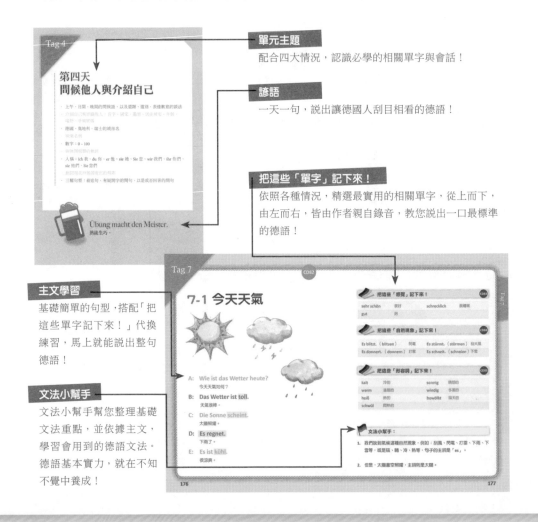

單元主題
配合四大情況，認識必學的相關單字與會話！

諺語
一天一句，說出讓德國人刮目相看的德語！

把這些「單字」記下來！
依照各種情況，精選最實用的相關單字，從上而下，由左而右，皆由作者親自錄音，教您說出一口最標準的德語！

主文學習
基礎簡單的句型，搭配「把這些單字記下來！」代換練習，馬上就能說出整句德語！

文法小幫手
文法小幫手幫您整理基礎文法重點，並依據主文，學習會用到的德語文法。德語基本實力，就在不知不覺中養成！

句型小幫手

認識三種句型，打下良好的德語根基！

練習一下吧

提供簡單有趣的小測驗讓您現學現用，加深學習效果！

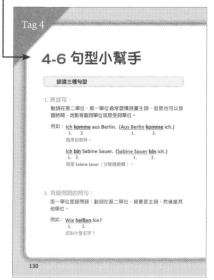

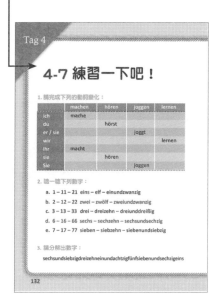

Landeskunde（風土民情）

除了學習德語之外，也要了解德語的相關文化。德國人三餐吃什麼，又是什麼時間吃，以及德國人平常都做些什麼休閒活動，這裡全部告訴您！

目錄

目錄

Tag 7 第七天
天氣、健康與旅遊

Anhang 附錄
Tag 4 ～ 7 解答

在德語字母與發音之前

　　德語是拼音文字，由字母構成字，而且字母就是音標。因此德語字典和英文字典不同，它不會為每一個單字註明音標，只有不按照德語發音規則的外來字會有音標的標註，所以認識字母與發音規則是開口說德語的第一步。

　　德語共有三十個字母，是以大家熟悉的二十六個英文字母，加上 ß, Ä, Ö, Ü 四個特殊的字母所組成。其中 A, E, I, O, U, Ä, Ö, Ü 是母音功能的字母，其他字母都是子音功能。此外，還有雙母音、雙子音，以及必須注意的字母組合。

母音有長音、短音的分別：

長音：母音後方是 H，例如 ruhig, früh，或重疊母音 aa, ee，例如 Staat, Tee 等。

短音：母音後方有兩個或兩個以上的子音字母時，例如：ich, zurück, frisch, essen, schnell, Stadt 等。

德語字典會為每一個單字標註重音節母音的長短，例如：Tag 母音下方的橫線表示長音，zurück 母音下方一個「點」表示短音。

本書以三課的篇幅來介紹德語發音：

第一課：介紹十五個字母 A, B, C, D, E, F, G, H, I, J, K, L, M, N, O

第二課：介紹十五個字母 P, Q, R, S, T, U, V, W, X, Y, Z, ß, Ä, Ö, Ü

第三課：介紹雙母音 AI, EI, AY, EY, EU, ÄU, AU, IE

　　　　以及雙子音和必須注意的字母組合 PF, PH, NG, NK, QU, SP, ST, TZ, CH, SCH, TSCH

每一課進行的步驟是：

1. 首先介紹字母的唸法。

2. 在「小小叮嚀」裡說明這個字母標示的是哪一個音。

3. 針對字母舉例做練習。

4. 最後認識一個日常口語的詞彙。

　　「國語注音符號」是我們用來標示自己語言的一套音標，用熟悉的注音符號來為德語標音，應該能讓初學德語的人感覺親切、不陌生，因而更容易入門。也希望利用語言之間的共通性，讓初學德語的人以母語為基礎，而觸類旁通，因此也附加使用「國語注音符號」提示德語發音。

　　雖然音標和發音規則能幫助我們發出聲音，但是我們必須注意每一種語言各有自己的特色，不論發音部位、或是腔調都不盡相同。就以德語和中文來比較，德語發音口型比中文動作大、用力、發音部位肌肉的緊繃度高，例如：中文的「父」為齒唇音，但是沒有德語的 [f] 用力。中文的「衣」好像和德語的 [i] 一樣，但是發 [i] 時，嘴要盡量往兩邊咧開，口型要到位，發音才會清楚。

下列表格整理出字母、字母的唸法、字母所標示的音：

字母	字母唸法	標示的音
A	[a:]	長音 [a:] 或 短音 [a]
B	[be:]	[p] [b]
C	[tse:]	[ts] [k]
D	[de:]	[d] [t]
E	[e:]	長音 [e:] 或短音 [ɛ] 或 輕音 [ə]
F	[ɛf]	[f]
G	[ge:]	[g] [k] [ıÇ] [ʒ]
H	[ha:]	[h] [:]
I	[i:]	長音 [i:] 或 短音 [i]
J	[jɔt]	[j] [ʒ] [ʤ]
K	[ka:]	[k]
L	[ɛl]	[l]
M	[ɛm]	[m]
N	[ɛn]	[n]
O	[o:]	長音 [o:] 或 短音 [ɔ]
P	[pe:]	[p]
Q	[ku:]	和字母 U 組成 QU，發出 [kv] 的子音組合
R	[ɛr]	[r] [ɐ]
S	[ɛs]	[s] [z] [ʃ]
T	[te:]	[t] [ts]
U	[u:]	長音 [u:] 或 短音 [u]
V	[fau]	[f] [v]
W	[ve:]	[v]
X	[iks]	[ks]
Y	[ypsilɔn]	長音 [y:] 或 短音 [y]
Z	[tsɛt]	[ts]
ß	[ɛstsɛt]	[s]
Ä	A-Umlaut	長音 [ɛ:] 或 短音 [ɛ]
Ö	O-Umlaut	長音 [Ø:] 或 短音 [œ]
Ü	U-Umlaut	長音 [y:] 或 短音 [y]

第一天　基本字母 1

A · B · C · D ·

E · F · G · H ·

I · J · K · L ·

M · N · O

Ohne Fleiß, kein Preis.

要怎麼收穫先那麼栽。

A a

[a:]

字母唸法

張大嘴巴，發出「ㄚ」的聲音。

A a 有什麼：

[a:]

Aal 鰻魚

Tag 天，日

Ananas 鳳梨

[a]

Anfang 開始，開端

Ast 枝枒

Gast 客人

小小叮嚀

● A 這個字母，標示的是母音
→ 長音 [a:] 或短音 [a]。

[a:]　　　[a]

A A

a a

開口說說看：

Guten Tag!

你好！

（上午十點至下午五、六點鐘之間的問候語。）

B b

[be:]

字母唸法

緊閉雙唇，阻塞氣流，然後讓空氣由兩唇間爆出，發出像「ㄅㄝ」的聲音。

B b 有什麼：

[b]

Berlin 德國城市，柏林　　　**lieben** 愛

Bus 公車

[p]

Ball 球

halb 一半

aber 但是

小小叮嚀

● B 這個字母，標示的是子音 [b]。
● 若 B 在字尾，就發為 [p] 的聲音。

B B

b b

開口說說看：

Grüß Gott!

你好！

（德國南部的問候語，可以用在任何時間。）

C c

[tse:]

字母唸法

舌頭前端平貼著上牙齦，阻塞氣流，在空氣爆出之前，舌頭和齒齦在同一位置稍做摩擦，發音位置在齒齦間。發出像「ㄘㄝ」的聲音。

C c 有什麼：

[ts]

Celsius 攝氏

Cäsar 凱薩

（古羅馬皇帝的尊稱）

[k]

Cola 可樂

Café 咖啡館

Computer 電腦

circa 大約，大概
[ts]-[k]

小小叮嚀

● C 這個字母，標示的是子音 [ts] 或 [k]。

C C

C C

開口說說看：

Danke!

謝謝！

D d [de:]

字母唸法

舌尖頂在門牙後方，堵住氣流，然後讓空氣由舌齒之間爆出，發出像「ㄉㄝ」的聲音。

⬇ D d 有什麼：

[d]

du 你

Dank 謝謝

oder 或者

wieder 又，再

[t]

Land 國家

und 和

小小叮嚀

● D 這個字母，標示的是子音 [d] 或 [t]。

● 若 D 在字尾，就發為 [t] 的聲音。

D D

d d

開口說說看：

Vielen Dank!

多謝！

E e

[e:]

字母唸法

嘴稍微張開，嘴角向兩側拉開，發出扁扁的「ㄝ」的聲音。

⬇ E e 有什麼：

[e:]

er 他

Tee 茶

[ɛ]

denn 因為

[ə]

Name 名字

Ende 結尾
[ɛ]-[ə]

beben 震動
[ɛ]-[ə]

小小叮嚀

● E 這個字母，標示的是母音
　→ 長音 [e:]、短音 [ε]。
● 若 E 在非重音或字尾，
　就發為輕聲的 [ə]。

[e:]　　　[ε]　　　[ə]

E E

e　e

開口說說看：

Bitte! 或
Bitte schön!

不客氣！（別人向你說謝謝時，用以回應。）

F f  [ɛf]

 **字母唸法**

先發出短促的「ㄝ」，然後將上門牙輕觸下唇，
氣流通過其間的縫隙，組合成 [ɛf]。

⬇ F f 有什麼：

fast 幾乎

fett 油膩的

Foto 照片

Dorf 村莊

Genf 瑞士的城市，日內瓦

fünf 五

小小叮嚀

● F 這個字母，標示的是子音 [f]。

開口說說看：

Nichts zu danken.

不客氣，沒什麼好謝的。

G g

[ge:]

字母唸法

利用舌根和口腔上部後側的軟顎，堵住氣流，然後讓空氣爆出，發出長而扁的聲音「ㄍㄝ」。

G g 有什麼:

[g]

gut 好的

Geld 錢

[iç]

billig 便宜的

[k]

Burg 城堡

Berg 山

genug 足夠的

[g]-[k]

小小叮嚀

● G 這個字母,標示的是子音 [g] 或 [k]。

● G 在字尾,大都唸成 [k]。字尾為 -ig 時則唸為 [iç]。

● 外來字會唸成 [ʒ]。

★ 建議初學者可以先不要理會 [iç] 和 [ʒ],單純的鎖定在 [g]
　和 [k] 即可。

G G

g g

開口說說看:

Entschuldigung!

對不起!(表示抱歉,或是問問題之前會先這麼說。)

H h

[ha:]

字母唸法

氣流通過由聲帶擠壓出的縫隙，張開嘴發出「ㄏㄚ」的聲音。

H h 有什麼：

[h]

Hand 手

Halle 大的廳堂（如：音樂廳）

Hund 狗

[:]

gehen 走，去

Kuh 母牛

früh 早的

小小叮嚀

● H 這個字母，標示的是子音 [h] 或 [:]。

● H 在字中間和字尾時，不發音，
　 但是會使前面的母音發為長音 [:]。

H H

h h

開口說說看：

Entschuldigen Sie!

對不起！（和「Entschuldigung!」用法相同。）

I i

字母唸法

嘴角向兩側拉開，發出比 E 更扁平的「一」長音。

I i 有什麼：

[i:]

ihr 你們

wir 我們

Kiel 德國北部的城市，
基爾

[i]

ist 是

Bild 圖畫

Willi 男生名字，威利

Tag 1

小小叮嚀

● I這個字母，標示的是母音
　→ 長音 [i:]、短音 [i]。

[i:]　　　　　[i]

| |

i　　i

開口說說看：

Wie bitte?

什麼，再說一次好嗎？

（沒聽清楚別人提的問題或話語時，就可以這麼說。）

J j  [jɔt]

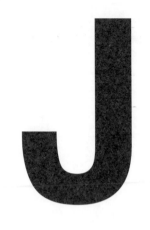

字母唸法

口腔上部中間部位是硬顎，舌面靠近硬顎，氣流通過這個狹窄縫隙，發出像是「一ㄛ ㄊ」的聲音。

↓ J j 有什麼：

[j]

ja 是的

Juni 六月

jeder 每個

Johgurt 優格

[ʤ]

Job 工作

Journalist [ʒur...]
新聞記者

小小叮嚀

● J 這個字母，標示的是子音 [j]（似「一せ」的聲音）、
[ʒ] 或 [ʤ]。

● 發出 [ʒ] 或 [ʤ] 的聲音的，大多是外來字。

★ 建議初學者可以先鎖定在 [j] 即可。

J J

j j

開口說說看：

Ich verstehe nicht.

我不了解。我不懂。

K k [ka:]

字母唸法

舌根與口腔上部後側部位的軟顎，先堵住氣流，
然後讓空氣爆出，唸出長長的「ㄎㄚ」。

⬇ K k 有什麼：

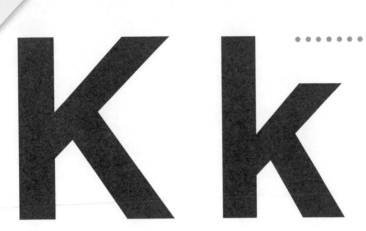

Kind 小孩

Kunst 藝術

Danke! 謝謝！

Plakat 海報

Musik 音樂

Sack 袋子

小小叮嚀

● K 這個字母，標示的是子音 [k]。

K K

k k

開口說說看：

Alles klar.

我都了解了。我弄清楚了。

L l

[εl]

字母唸法

先發出短音的「ㄟ」，緊接著將舌頭前端接觸上牙齦。

↓ L l 有什麼：

Liste 清單

Lotto 樂透彩

Hals 脖子

Helm 頭盔

hell 明亮的

dunkel 陰暗的

小小叮嚀

● L 這個字母，標示的是子音 [l]。
● L 在字首，發出類似「ㄌ」的聲音。
● L 在字中和字尾，不發音，
　只有舌頭前端頂觸上牙齦的動作。

開口說說看：

Ja, stimmt.

是的，沒錯。

M m [ɛm]

 字母唸法

先發出短音的「ㄝ」，然後雙唇閉攏，迫使氣流從鼻腔通過，發出 [m]。唸法和英文字母 M 相同。

⬇ M m 有什麼：

[ɛm]

Magen 胃

Monat 月

Mittag 中午

Murmie 木乃伊

Museum 博物館

Film 影片

小小叮嚀

● M 這個字母，標示的是子音 [m]。

M M

m m

開口說說看：

Nein, stimmt nicht.

不，不對。

N n [ɛn]

 字母唸法

先發出短音的「ㄝ」，然後閉攏口腔，雙唇微開，
舌尖頂住上牙齦，發出 [n]。唸法和英文字母 N
相同。

N n 有什麼：

Nase 鼻子

Neffe 姪子，外甥

Nudel 麵

Nennen 取名

kennen 認識

nun 現在

小小叮嚀

● N 這個字母，標示的是子音 [n]。

N N

n n

開口說說看：

Auf Wiedersehen.

再見！（正式的說法，對熟識和不熟的人都能使用。）

 字母唸法

雙唇稍微用力縮成圓形，發出「ㄛ」長音。

O o 有什麼：

[o:]

Oma 祖母

Oper 歌劇

Kino 電影院

[ɔ]

Kopf 頭

hoffen 希望

Motto 格言，座右銘

[ɔ]-[o:]

小小叮嚀

● O 這個字母，標示的是母音
→ 長音 [o:] 或短音 [ɔ]。

[o:]

[ɔ]

O O

O O

開口說說看：

Tschüss!

再見！（對親近、熟識的人才能使用。）

不可不知的德國（1）

　　哪些德國的人、事、物讓你印象深刻？是它們引起你學習德語的興趣，還是你想透過德語更深入的認識德國？

　　2010 年德國歌德學院曾經對歐洲境內將近二十個國家的人們，做了一項網路問卷，詢問人們對德國的認識和觀感，得到了一萬多份的回答。

Q：「最喜歡德國什麼？」

　　排入前幾名的答案是：德國文化、德國人的友善、德語、風景與自然景觀、秩序與整潔、組織能力、多元性的文化、柏林、建築、環境保護的自覺意識，甚至連德國人習慣在下午時分喝咖啡吃蛋糕的「下午咖啡時間」也榜上有名。

Q：「一點也不喜歡德國什麼？」

　　德國食物高居榜首，其他的答案有：天氣、德國人的冷淡以及拒人於千里之外的態度、傲慢、處事缺乏彈性和自發性、挑剔、排外意識、極右派主義和新納粹、德式英語、德國人愛車甚於愛家人。

Q：「你認為最著名的德國人是誰？」

　　有音樂家貝多芬和巴哈、文學家歌德、科學家愛因斯坦、宗教改革者馬丁路德、哲學思想家卡爾馬克思、政治家俾斯麥。希特勒擠身其中是意料中之事，至於現任的女總理梅克爾高居第二名，僅次於歌德。

第二天　基本字母 2

P・Q・R・S・
T・U・V・W・
X・Y・Z・ß・
Ä・Ö・Ü

Aller Anfang ist schwer.
萬事起頭難。

P p  [pe:]

字母唸法

緊閉雙唇，堵住氣流，然後讓空氣從兩唇間爆出，
發出「ㄆㄝ」長音。

P p 有什麼：

Papa 爸爸
Post 郵局
Puppe 玩偶

Plan 計畫
Plakat 海報
Papier 紙

小小叮嚀

● P 這個字母，標示的是子音 [p]。

P P

p p

開口說說看：

Bis morgen!

明天見！

Q q  [ku:]

字母唸法

發出「ㄎㄨ」的聲音。

↓ Q q 有什麼：

Qual 痛苦 　　**quer** 橫貫

Quelle 水泉　　**Qualität** 品質

Quiz 猜謎問答　　**Quantität** 量

小小叮嚀

● Q 這個字母，總是和字母 U 組成 QU，
  發出 [kv] 的子音組合。

Q Q

q q

開口說說看：

Bis später!

待會兒見！

R r  [ɛr]

 字母唸法

先發「ㄝ」，然後發輕聲的「ㄏ」。

↓ R r 有什麼：

[r]

Regal 置物架　　**drei** 三

Rad 輪子　　[ɐ]

Bremen　　**Vater** 父親

德國城市，布萊梅　　**hier** 這裡

小小叮嚀

- R 這個字母，標示的是子音 [r] 和 [e]。
- [r] 是小舌顫音。不過不必在意是否產生震顫，
  只要輕輕發出「ㄏ」即可。
- [e] 是 -er 音節處於非重音時，發出輕短的滑音「ㄝㄚ」。

R R

r r

開口說說看：

Bis dann!

到時候見！

S s

[εs]

字母唸法

先發短促的「ㄝ」，然後發出「ㄙ」的聲音。

➡ S s 有什麼：

[z]

Saft 果汁

See 湖、海

[s]

ist 是

essen 吃

[ʃ]

Sport 運動

Student 大學生

小小叮嚀

● S 這個字母，標示的是子音 [z]、[s]、[ʃ]。
● S 後方是母音時，S 就發 [z]。
● 兩個 S，或 S 後方是子音時，S 就發 [s]。
● S 在字首，並且形成 sp- 或 st-，S 就唸出 [ʃ]。

S S

S S

開口說說看：

Tut mir leid!

很遺憾！抱歉！（與英語「I am sorry.」意思相同。）

T t

[te:]

字母唸法

舌尖頂在門牙後方，堵住氣流，然後讓空氣由舌齒間爆出，發出「ㄊㄝ」長音。

↓ T t 有什麼：

[t]

Tee 茶

Karte 卡片

satt 飽足的

Titel 頭銜

[ts]

Lektion 課

Nation 國家

小小叮嚀

● T 這個字母，標示的是子音 [t] 或 [ts]。

● 但只有在 -tion 組合中，T 唸成 [ts]。

T T

t t

開口說說看：

Ich komme zu spät.

我遲到了。

U u

[u:]

字母唸法

雙唇緊縮成最小圓形，發出「ㄨ」的聲音。

U u 有什麼：

[u:]

Uhr 鐘，錶

Ufer 岸

gut 良好的

[u]

und 和，與

null 零

Kuss 吻

小小叮嚀

● U 這個字母，標示的是母音
　 →長音 [u:] 和短音 [u]。

[u:] 　　　 [u]

U U

u u

開口說說看：

Was ist los?

怎麼回事？

V v

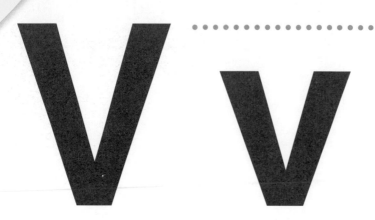

[fau]

字母唸法

上門齒輕觸下唇，氣流通過其間的縫隙，發出「ㄈㄠ」。

⬇ V v 有什麼：

[f]

Vater 父親

viel 多

intensiv 密集的

[v]

Vase 花瓶

Visum 簽證

privat 私人的

小小叮嚀

- V 這個字母，標示的是子音 [f] 和 [v]。
- 何時為 [f] 或 [v]，並無固定規則可以分辨，字典上有清楚的標示。
- ver- 這個組合固定唸成 [fe]。

V V

V V

開口說說看：

Dieb!

有小偷！

W w

[ve:]

字母唸法

上門齒輕觸下唇，氣流通過其間的縫隙，同時
聲帶振動，並和「ㄝ」結合，唸出聲音。
[v]和[f]發音的嘴形完全相同，不同點在於
[v]發聲時聲帶振動，下唇有些許麻癢的感覺。

W w 有什麼：

was 什麼？

Wald
森林

wissen
知道

Weg 路

wo 哪裡？

Wurst 香腸

小小叮嚀

● W 這個字母，標示的是子音 [v]。

● 漢語沒有 [v] 這個聲音，所以無法舉例比對。

W W

W W

開口說說看：

Hilfe!

救命！

X x [iks]

字母唸法

將「一ㄎㄙ」組合起來，短促的滑唸過去。

↓ X x 有什麼：

Xaver
男性名字，克薩夫

Taxi 計程車

Luxus 奢華

Export 出口，輸出

extra 額外的

Marx
男性名字，馬克斯

Tag 2

小小叮嚀

● X 這個字母，標示的是子音組合 [ks]。

X　X

X　X

開口說說看：

Alles Gute!

祝你一切順利！

Y y

[ypsi lɔn]

 字母唸法

雙唇先輕鬆的圈成微圓形,唸出輕而短的「ㄩ」,掌握訣竅之後,再將幾個音組合起來「ㄩㄆ ㄙ 一 ㄌㄛ ㄣ」,分成三段,輕快的滑唸過去。

↓ Y y 有什麼:

[y:]

Typ 式樣,形式

Dyas
地質學上的二疊紀

Lyrik 抒情詩

[y]

System 系統

Pyramide 金字塔

Egypten 埃及

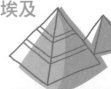

小小叮嚀

● Y 這個字母，雖然歸類為子音，
實際上標示的是母音，長音 [y:]，
收緊雙唇成圓形，發出「ㄩ」長音。

● 短音 [y]，雙唇輕鬆的圈成微圓形，
發出輕而短的「ㄩ」。

[y:]　　　　[y]

Y Y

y y

開口說說看：

Gute Fahrt!

祝你行程順利！

Z z

 [tsɛt]

 字母唸法

短促的「ちせ」，加上尾音「ㄊ」。

▼ Z z 有什麼：

Zelt 帳篷

Zahl 數字

Zahn 牙齒

Zeit 時間

tanzen 跳舞

Existenz 存在

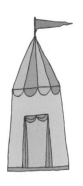

小小叮嚀

● z 這個字母，標示的是子音 [ts]。

Z Z

z z

開口說說看：

Gute Reise!

祝你旅途順利！

[ɛstsɛt]

ß

字母唸法

將 S 和 Z 兩個字母組合起來一起唸。

ß 有什麼：

aß 吃（過去式）

heiß 熱的

süß 甜的

heißen 名叫

Fleiß 努力，勤勉

Genuß 享受

小小叮嚀

● ß 這個字母，標示的是子音 [s]。
● ß 沒有大寫，也不會出現在字首。

ß ß

ß ß

開口說說看：

Gute Besserung!

祝你早日康復！

Ä ä

A-Umlaut

字母唸法

A-Umlaut，意思是「A 的變音」。

Ä ä 有什麼：

[ɛ:]

Käse 乳酪
gähnen 打哈欠
ähnlich 相像的

[ɛ]

Bäcker 麵包師
Ärztin 女醫師
Städte 城市（複數）

小小叮嚀

- Ä 這個字母，是變母音，標示的是長音 [ε:] 和短音 [ε]。
- ★ 聲音不像 E 那麼扁平，口腔與雙唇較放鬆，發出較寬鬆的 [ε:] 和 [ε]。

Tag 2

Ä Ä

ä ä

開口說說看：

Viel Spaß!

祝你玩得高興！

Ö ö

O-Umlaut

字母唸法

O-Umlaut，意思是「O 的變音」。

Ö ö 有什麼：

[Ø:]

Öl 油

hören 聽

mögen 喜歡

[œ]

öffnen 打開

Köln 德國城市，科隆

östlich 東邊的

小小叮嚀

● Ö 這個字母，是變母音，標示的是長音 [øː] 和短音 [œ]。

★先將嘴唇向兩側拉開，發出扁平的 [eː]，維持著聲音，然
後雙唇圈攏成圓形，此時的圓唇長音就是 [øː]。
將這個嘴形稍微放鬆，發出較寬鬆的短音 [œ]。

開口說說看：

Viel Glück!

祝你好運！

Üü

字母唸法

U-Umlaut，意思是「U 的變音」。

Ü ü 有什麼：

[y:]

üben 練習

süß 甜的

kühl 涼爽的

[y]

Tür 門

dürfen 准許

küssen 親吻

小小叮嚀

● Ü 這個字母，是變母音，標示的是長音 [y:] 和短音 [y]。

★ 先將嘴唇向兩側拉開，發出最扁平的 [i:]，維持著聲音，
　然後雙唇圈攏成圓形，此時的圓唇長音就是 [y:]。
　將這個嘴形稍微放鬆，發出較寬鬆的短音 [y]。

Ü Ü

ü ü

開口說說看：

Viel Erfolg!

祝你成功！

不可不知的德國（2）

Q：「德國的什麼建築物讓人印象最深刻？」

有位於首都柏林象徵德國統一的布蘭登堡凱旋門、科隆大教堂、柏林的德國國會大廈、童話般的新天鵝堡、已成歷史遺跡的柏林圍牆、臺灣人不熟悉的德東名城德勒斯登的慈溫格宮、還有德國品質優良的高速公路。

Q：「哪一個重要的歷史事件會讓你聯想到德國？」

1989 年柏林圍牆倒塌排名第一，而距其三十年前的柏林圍牆的建立也列名其中。另外，和德國脫不了關係的是第一次世界大戰和第二次世界大戰，以及歐洲猶太人遭受大屠殺。其他還有 1990 年德國統一，接著是歐盟的建立。上榜的答案當中，距離今日最久遠的歷史事件是馬丁路德的宗教改革，而最具歡樂氣息的則是啤酒節。

Q：「你認為德國最重要的發明是什麼？」

這個問題得到的回答最是讓人茅塞頓開。你知道哪些造福世人、影響深遠的重要發明是出自德國人之手嗎？排行榜的項目中，距今最久遠的是活字印刷術。而在十九世紀末二十世紀初的那段時間，是德國重要發明的大爆發期：有 X 光的發現、結核菌的發現、萬靈丹阿斯匹林的發明、愛因斯坦發現了相對論、卡爾賓士設計製造了第一輛以內燃機發動的汽車。至於柴油引擎則是在 1892 年由德國人 Rudolf Diesel 所發明，而現今一日不可或缺的電腦，是 Konrad Zuse 在 1941 年首先設計出有完備程式控制功能的計算機 Z3。其中最可愛的是，小熊軟糖也被調皮的網友票選為德國的重要發明之一。

第三天　雙母音、子音組合

雙母音

AI · EI · AY · EY

AU

EU · ÄU

IE

子音組合

CH · NG · NK · PF ·

PH · QU · SCH · TSCH ·

SP · ST · TZ

Eile macht Weile.

欲速則不達。

[ai]

AI EI AY EY
ai ei ay ey

字母唸法

［ai］就是［a］和［i］的連音，先發「ㄚ」，然後滑向「一」，合成「ㄞˋ」。

AI EI AY EY ai ei ay ey 有什麼：

Mai 五月
Mais 玉米
Bayern
德國巴伐利亞邦

Reis 米，飯
Papagei 鸚鵡
Meyer
德文姓氏，麥爾

AI EI AY EY

ai ei ay ey

開口說說看：

Bitte,
nehmen Sie Platz.

請坐！

[au]

AU au

字母唸法

［au］就是［a］和［u］的連音，先發「ㄚ」，
然後滑向「ㄨ」，合成「ㄠˋ」。

▼ AU au 有什麼：

Augen 眼睛   **kaufen** 購買

August 八月   **Bauer** 農夫

Frau 女人   **Kreislauf** 循環

小小叮嚀

● AU 組合標示的是雙母音 [au]。

AU AU

au au

開口說說看：

Kein Problem.

沒問題！

EU ÄU eu äu [ɔy]

字母唸法

[ɔy]就是[ɔ]和[y]的連音，就像「ㄜ」加上輕輕的「ㄩ」。

EU ÄU eu äu 有什麼：

Europa 歐洲

euer 你們的

Deutsch 德語

heute 今天

Verkäufer 店員

äußern 表達

小小叮嚀

● EU, ÄU 兩種拼寫組合，標示的是雙母音 [ɔy]。

EU ÄU

eu äu

開口說說看：

Schönes Wochenende!

週末愉快！

IE ie

[i:]

字母唸法

這個聲音不是雙母音。嘴角向兩側拉開，唸出長而扁的「一ヽ」。

IE ie 有什麼：

wie 如何？

viel 多

Lied 歌曲

mieten 租賃

Philosophie 哲學

Soziologie 社會學

小小叮嚀

● IE 的組合，標示的是長母音 [i:]。

IE IE

ie   ie

開口說說看：

Frohe Weihnachten!

聖誕快樂！

[ç][x]

CH ch

字母唸法

在漢語中沒有 [ç] 的聲音。

口腔上部中間部位是硬顎，舌面靠近硬顎，使氣流通過這狹窄的縫隙，發出類似「ㄏㄧ」的氣音。

口腔上部後側的軟顎，和舌面形成狹縫，氣流通過這個狹縫，發出 [x] 類似「ㄏㄜ‧」的氣音。

⬇ CH ch 有什麼：

[ç]

China 中國

ich 我

echt 真實的

[x]

acht 八

doch 然而

Buch 書

小小叮嚀

- CH 這個組合，標示的是子音 [ç]、[x]、[ʃ]、[k]。
- CH 在母音 A, O, U, AU 後方，發 [x]。
- CH 在其他母音後方，發 [ç]。
- 只有在少數情況下，發子音 [ʃ] 和 [k]。

CH CH

ch ch

開口說說看：

Ein gutes neues Jahr!

祝你有美好的新年！

[ŋ]

NG ng

字母唸法

舌後根與口腔上部後側的軟顎接觸，讓氣流從鼻腔通過，發出類似「ㄥ」的聲音。

⬇ NG ng 有什麼：

eng 狹長的

lang 長的

fangen 捉

singen 唱

bringen
送去，送來

Inge
女性名字，英格

小小叮嚀

● NG 的組合，標示的是子音 [ŋ]。

NG NG

ng　ng

開口說說看：

Herzlichen Glückwunsch!

恭喜！（對他人畢業、生日、有喜事時的說詞。）

NK nk [ŋk]

字母唸法

舌後根與口腔上部後側的軟顎接觸,讓氣流從鼻腔通過,發出類似「ㄥ」的鼻音,然後加上輕輕的「ㄎ」。

⬇ NK nk 有什麼:

Dank 謝謝(名詞)

danken 謝謝(動詞)

denken 思考

trinken 喝

links 在左側

Funke 火花

小小叮嚀

● NK 的組合，標示的是雙子音 [ŋk]。

NK NK

nk nk

開口說說看：

Herzlich willkommen!
歡迎！

[pf]
PF pf

字母唸法

從 [p] 迅速滑向 [f]，在唇齒之間發出聲音。

PF pf 有什麼：

Pfeffer 胡椒　　**Apfel** 蘋果

Pferd 馬　　　　**Kopf** 頭

pflegen 照顧　　**Topf** 鍋子

小小叮嚀

● PF 的組合，標示的是雙子音 [pf]。

PF PF

pf pf

開口說說看：

Prost!

乾杯！（飲酒前舉杯互碰時的說詞。）

PH ph [f]

與字母 F 發音相同。上齒輕觸下唇，使氣流通過其間的縫隙，發出 [f]。

⬇ PH ph 有什麼：

Physik 物理

Philosoph 哲學家

Phase 階段

Phönix 鳳凰

Phantom 幻象

Phänomen 現象

小小叮嚀

● PH 的組合，標示的是子音 [f]。

PH PH

ph ph

開口說說看：

Guten Appetit!

祝你有好胃口！（吃飯開動前人們互相之間的說詞。）

[kv]
QU qu

字母唸法 〰〰〰〰〰〰〰〰〰〰〰〰〰〰〰〰〰〰〰〰〰

從 [k] 迅速滑向 [v]。

▼ QU qu 有什麼：

Quiz
猜謎問答

Qual 痛苦

Quote 配額

Quelle 水泉

Quatsch 胡說

bequem
舒適的

小小叮嚀

● QU 的組合，標示的是雙子音 [kv]。

QU QU

qu qu

開口說說看：

Mir ist heiß.

我覺得熱。

[ʃ]

SCH sch

字母唸法

舌面的前端與牙齦後部形成縫隙，使氣流通過，雙唇輕鬆的微突向前發出「ㄒㄩ」，切記嘴形不可太用力突出。

SCH sch 有什麼：

schön 美麗的

schnell 快速的

Tasche 袋子

Flasche 瓶子

Tisch 桌子

frisch 新鮮的

MILK

小小叮嚀

● SCH 的組合，標示的是子音 [ʃ]。

SCH SCH

sch sch

開口說說看：

Mir ist kalt.

我覺得冷。

TSCH
tsch

字母唸法

發音部位和發音方法,與 [ʃ] 相同,輕鬆的發出
「ㄑㄩ」,切記嘴形不可太用力突出。

↓ TSCH tsch 有什麼:

Tschüss!
再見

Deutschland
德國

tschechisch
捷克的

Quatsch
胡說

Tschechin
捷克女人

platschen
水波濺的聲音

小小叮嚀

● TSCH 的組合，標示的是子音 [tʃ]。

TSCH TSCH

tsch tsch

開口說說看：

Mir ist peinlich.

我很不好意思。

SP sp

字母唸法

從 [ʃ] 或 [s] 迅速滑向 [p]。

▼ SP sp 有什麼：

[ʃp]

Sport 運動

Spanien
西班牙

sprechen 説

[sp]

Kaspar
男生名字，卡斯帕

Wespe 黃蜂

Transparenz
透明度

小小叮嚀

● SP 的組合，標示的是雙子音 [ʃp] 或 [sp]。
● SP 在字首時，發 [ʃp] 的聲音。
● SP 不在字首時，發 [sp]。

SP SP

sp sp

開口說說看：

Mir ist egal.

這對我而言無所謂。隨便！

ST st

[ʃt]
[st]

字母唸法

從 [ʃ] 或 [s] 迅速滑向 [t]。

⬇ ST st 有什麼：

[ʃt]
Stadt 城市
Student 大學生
stehen 站立

[st]
Lastwagen 貨車
Semester 學期
Papst 天主教教宗

小小叮嚀

● ST 的組合，標示的是雙子音 [ʃt] 或 [st]。

● ST 在字首時，發 [ʃt] 的聲音。

● ST 不在字首時，發 [st]。

ST ST

st st

開口說說看：

Ich weiß es nicht.

我不知道。

TZ tz

[ts]

舌前端將氣流先阻塞在上門齒、齦之間，隨後讓氣流通過，發出「ㄘ」。

TZ tz 有什麼：

jetzt 現在
Platz 位置，廣場
Blitz 閃電

sitzen 坐著
setzen 放置
Satz 句子

小小叮嚀

● TZ 的組合，標示的是子音 [ts]。

TZ TZ

tz   tz

開口說說看：

Wie heißt das auf Deutsch?

這個用德文怎麼說？

不可不知的德國（3）

Q：「你認為最好的德文書是哪一本？」

　　經典的文學巨著：歌德的《浮士德》和《少年維特的煩惱》，是絕對不會被遺忘的；《格林童話》以及最近拍攝成電影的《香水》和《我願意為你朗讀》，是人們所熟悉的作品。此外，還有人詼諧的投票給德國專門出版語言學習書類的 Langenscheidt 出版社所出版、學習德語者幾乎人手一冊的《德語字典》。

Q：「你知道德國有哪些傑出的運動員嗎？」

　　上榜的除了十六年賽車生涯中獲得七次世界總冠軍的 F1 一級方程式賽車手舒馬赫之外，還有代之而起的近三年連奪 F1 賽車世界總冠軍的維特爾。而於上個世紀八〇年代末期至九〇年代中，叱吒網壇的女子單打運動員葛拉芙與男子單打運動員貝克，各奪得多次滿貫冠軍，至今仍讓人津津樂道。除此之外，2002 年世界杯足球賽金靴獎得主卡恩，以及稍後的足球國家隊長巴拉克、NBA 籃球迷絕對認識的達拉斯小牛隊中鋒諾威斯基，甚至連奧地利籍以健美運動出身的阿諾史瓦辛格也在榜上。

Q：「最美的德國音樂作品是哪一首？」

　　名單的 Top 10 之中，有八首是古典音樂。意在傳遞勇氣與力量的貝多芬就占了五項，分別是：第一名當之無愧的第九號交響曲「快樂頌」，它也是現今的歐盟盟歌；第三名的「月光奏鳴曲」；第五名的鋼琴曲「給愛麗絲」；第六名：貝多芬的所有音樂作品；第八名的第五號交響曲「命運」。而巴哈的音樂和華格納的音樂劇「尼伯龍根的指環」，至今仍然動人心弦。現代音樂中上榜的有雷姆斯汀樂團和 Nena 的「九十九個氣球」。

第四天
問候他人與介紹自己

· 上午、日間、晚間的問候語，以及道謝、道別、表達歉意的說法
· 介紹自己和認識他人：名字、國家、職業、居住城市、年齡、嗜好、手機號碼
· 德國、奧地利、瑞士的城市名
· 職業名稱
· 數字：0 – 100
· 與休閒相關的動詞
· 人稱：ich 我、du 你、er 他、sie 她、Sie 您、wir 我們、ihr 你們、sie 他們、Sie 您們
· 動詞現在時態弱變化的規則
· 三種句型：敘述句、有疑問詞的問句、以是或否回答的問句

Übung macht den Meister.
熟能生巧。

4-1 問候與道謝

Guten Morgen!
早安！

Guten Tag!
你好！

注意！

早晨六點至十點之間的問候語：Guten Morgen! 早安！

上午十點至下午五、六點的問候語：Guten Tag! 你好！

傍晚至晚間九、十點的問候語：Guten Abend! 晚安！

深夜道別或就寢前的說法：Gute Nacht! 晚安！

Guten Abend!

晚安！

Gute Nacht!

晚安！

不論南北德，親近的朋友之間的問候，全天都可用：

Grüß dich! 你好！

德國南部常聽到：**Grüß Gott!** 你好！

在奧地利特別的說法：**Servus!** 你好！

在瑞士地區也有不同的問候語：**Grüezi!** 你好！

Danke!
Danke schön!

謝謝！非常謝謝！

Oh,
Entschuldigung!

對不起！

注意！

表達謝意時，可以依照情況選用：

Danke! 謝謝！
Danke schön! 或 **Danke sehr!** 非常謝謝！
Vielen Dank! 多謝！

表示抱歉，或是問問題之前要先說：

Entschuldigung! 對不起！

Auf Wiedersehen!
再見！

Tschüss!
再見！

這是道別的正式說法，對熟識的人和不熟的人都能使用：

Auf Wiedersehen! 再見！

對親近的人或熟識的人在道別時的說法：**Tschüss!** 再見！

還有一些日常使用的說法：

Bis später! 待會兒見！

Bis dann! 回頭見！

Bis bald! 再見！

4-2 開口說說看

Herr Meier: Guten Morgen, Herr Müller.

早安，Müller（密勒）先生。

Herr Müller: Ah, Herr Meier. Guten Morgen! Wie geht es Ihnen?

啊，Meier（麥爾）先生。早安！
您好嗎？

Herr Meier: Danke, gut. Und Ihnen?

謝謝，很好。您呢？

Herr Müller: Danke, auch gut. Und das ist Frau Beier.

謝謝，也很好。
這位是 Beier（拜爾）小姐。

Herr Meier: Freut mich, Frau Beier. Guten Morgen.

幸會，Beier（拜爾）小姐。
早安。

Paul:　　Hallo, Sabine.
　　　　哈囉，**Sabine**（沙碧娜）。

Sabine:　Hallo, Paul. Wie geht es dir?
　　　　哈囉，**Paul**（袍爾）。你好嗎？

Paul:　　Danke, es geht. Und dir?
　　　　謝謝，還好。你呢？

Sabine:　Danke, gut.
　　　　謝謝，很好。

注意！..

1. 建議你熟記這個對話，在對話中可以套用在不同的對象身上，只要熟記，那麼與人打招呼、問候就不會失禮了。

2. **Herr** 意思是先生，指成年男子，例如 **Herr Müller** 是 **Müller**（密勒）先生。而成年女子，不論已婚或未婚，都以 **Frau** 稱呼，例如 **Frau Beier** 可以是 **Beier**（拜爾）小姐或 **Beier**（拜爾）太太。

3. 孩童、青少年、家人或是能夠直呼其名的朋友之間，可以輕鬆的用 **Hallo** 來打招呼，也不使用從敬稱 **Sie** 變化過來的 **Ihnen**，要改用 **du** 變化的 **dir**。

4. 可以用 **sehr gut** 很好，**gut** 好，**es geht** 還好、馬馬虎虎，**nicht gut** 不好，來回應 **Wie geht es Ihnen(dir)?** 你好嗎？

....

4-3 介紹自己

名字： **Ich heiße Hans Müller.**
我名叫 Hans Müller（漢斯密勒）。

國家： **Ich komme aus Deutschland.**
我來自德國。

職業： **Ich bin Kellner von Beruf.**
我的職業是餐廳服務生。

居住： **Ich wohne und arbeite in Berlin.**
我在柏林居住和工作。

年齡： **Ich bin achtundzwanzig Jahre alt.**
我二十八歲。

喜愛： **Mein Hobby ist Tennis.**
我的嗜好是網球。

手機： **Meine Handynummer ist 0956123478.**
我的手機號碼是 0956123478。

名字： **Das ist Monika Meier.**
這是 **Monika Meier**（莫妮卡麥爾）。

國家： **Monika ist aus Österreich.**
Monika（莫妮卡）來自奧地利。

職業： **Monika ist Autorin von Beruf.**
Monika（莫妮卡）的職業是作家。

居住： **Monika wohnt und arbeitet in Wien.**
Monika（莫妮卡）在維也納居住和工作。

年齡： **Monika ist einundvierzig Jahre alt.**
Monika（莫妮卡）四十一歲。

喜愛： **Monika hört gern Musik.**
Monika（莫妮卡）喜歡聽音樂。

手機： **Die Handynummer von Monika ist 0917654328.**
Monika（莫妮卡）的手機號碼是 **0917654328**。

認識城市： CD52

D（Deutschland 德國）：

Berlin	柏林	Hamburg	漢堡	Bremen	布萊梅
Hannover	漢諾威	Düsseldorf	杜塞道夫	Köln	科隆
Frankfurt	法蘭克福	Stuttgart	司圖佳	München	慕尼黑
Leipzig	萊比錫	Dresden	德勒斯登		

A（Österreich 奧地利）：

Wien	維也納	Salzburg	薩爾斯堡	Innsbruck	茵斯布魯克
Graz	葛拉次				

CH（die Schweiz 瑞士）：

Bern	伯恩	Zürich	蘇黎世	Genf	日內瓦

認識職業： CD53

Student	大學生（男）	Studentin	大學生（女）
Lehrer	教師（男）	Lehrerin	教師（女）
Ingenieur	工程師（男）	Ingenieurin	工程師（女）
Sekretär	祕書（男）	Sekretärin	祕書（女）

Kaufmann	商人（男）	Kauffrau	商人（女）
Autor	作家（男）	Autorin	作家（女）
Arzt	醫師（男）	Ärztin	醫師（女）
Programmierer	程式設計師（男）	Programmiererin	程式設計師（女）
Fotograf	攝影師（男）	Fotografin	攝影師（女）
Sänger	歌手（男）	Sängerin	歌手（女）
Filmschauspieler	電影演員（男）	Filmschauspielerin	電影演員（女）
Taxifahrer	計程車司機（男）	Taxifahrerin	計程車司機（女）
Kellner	服務生（男）	Kellnerin	服務生（女）
Koch	廚師（男）	Köchin	廚師（女）
Bäcker	麵包師（男）	Bäckerin	麵包師（女）
Verkäufer	售貨員（男）	Verkäuferin	售貨員（女）
Mechaniker	機械工（男）	Mechanikerin	機械工（女）
Elektrotechniker	電工（男）	Elektrotechnikerin	電工（女）

認識數字： CD54

null	0	zehn	10	zwanzig	20	einsundzwanzig	21
eins	1	elf	11	dreißig	30	zweiundzwanzig	22
zwei	2	zwölf	12	vierzig	40	dreiundzwanzig	23
drei	3	dreizehn	13	fünfzig	50	vierundzwanzig	24
vier	4	vierzehn	14	sechszig	60	fünfundzwanzig	25
fünf	5	fünfzehn	15	siebenzig	70	sechsundzwanzig	26
sechs	6	sechszehn	16	achtzig	80	siebenundzwanzig	27
sieben	7	siebenzehn	17	neunzig	90	achtundzwanzig	28
acht	8	achtzehn	18	hundert	100	neunundzwanzig	29
neun	9	neunzehn	19				

 注意！

1. 數字 **0-12**，每一個數字的拼寫各不相同。

2. 數字 **13-19**，有一套造字法：個位的數字＋ **zehn**，
   例如 **drei** ＋ **zehn** ＝ **dreizehn**。

3. 數字 **21-29**、**31-39**、**41-49**、**51-59**、**61-69**、**71-79**、**81-89**、
   91-99，有一套造字法：個位的數字 ＋ **und** ＋ 十位的數字，
   例如 **zwei** ＋ **und** ＋ **zwanzig** ＝ **zweiundzwanzig**。

4. 數字必須書寫成一個字，不論字有多長都不可切割。

電話號碼的說法：   CD55

電話號碼以單碼的說法最清楚，

如：**0-9-5-6-1-2-3-4-7-8**，但是也時常聽到

雙碼或是單、雙碼混合的說法，

如：**0-9-56-12-34-78**

(null-neun-sechsundfünfzig-zwölf-

vierunddreißig-achtundsiebzig)。

4-4 認識他人

名字： **Wie heißen Sie?**
您叫什麼名字？

國家： **Woher kommen Sie?**
您是哪裡人？（您來自何處？）

職業： **Was sind Sie von Beruf?**
您的職業是什麼？

居住： **Wo wohnen Sie?**
您住哪裡？

年齡： **Wie alt sind Sie?**
您幾歲？

喜愛： **Was ist Ihr Hobby?**
您的嗜好是什麼？

手機： **Wie ist Ihre Handynummer?**
您的手機號碼是什麼？

du
（你）

Sabine: Bist du Claus?
你是 Claus（克勞斯）嗎？

Claus: Ja, ich bin Claus.
是的，我是 Claus（克勞斯）。

Sabine: Wohnst du in Berlin?
你住在柏林嗎？

Claus: Nein, in Hamburg.
不是，住在漢堡。

Sabine: Bist du zehn Jahre alt?
你十歲嗎？

Claus: Ja.
是的。

Sabine: Ist dein Hobby Schwimmen?
你的嗜好是游泳嗎？

Claus: Nein, ich spiele gern Fußball.
不是，我喜歡踢足球。

CD58

Frau Meier, kommen Sie aus der Schweiz?

Meier（麥爾）小姐，您來自瑞士嗎？

– Nein, ich bin aus Österreich. 不是，我來自奧地利。

Sind Sie Autorin von Beruf? 您的職業是作家嗎？

– Ja. 是的。

Arbeiten Sie in Berlin? 您在柏林工作嗎？

– Nein, ich arbeite in Wien. 不是，我在維也納工作。

Ist Ihre Handynummer 0956123478?

您的手機號碼是 **0956123478** 嗎？

– Ja. 是的。

認識與休閒相關的動詞： CD59

例句： Ich singe gern. 我喜歡唱歌。

Monika tanzt gern. Monika（莫妮卡）喜歡跳舞。

代換練習：

singen	唱歌	tanzen	跳舞
schwimmen	游泳	joggen	慢跑
reisen	旅遊	malen	繪畫
fotografieren	攝影	faulenzen	偷懶

例句： Ich surfe gern im Internet. 我喜歡上網瀏覽。

Monika lernt gern Deutsch.
Monika（莫妮卡）喜歡學德語。

代換練習：

Tennis spielen	打網球	Fußball spielen	踢足球
Basketball spielen	打籃球	Gitarre spielen	彈吉他
Klavier spielen	彈鋼琴	Karten spielen	玩牌
Schach spielen	下棋	im Internet surfen	上網瀏覽
Musik hören	聽音樂	Sport machen	做運動
Deutsch lernen	學德語		

4-5 文法輕鬆學

1. 由於動詞是隨著主詞的人稱做變化，所以在學習動詞變化之前，我們必須先認識人稱。

第一人稱單數：我 ich 　　　　第一人稱複數：我們 wir

第二人稱單數：你 du 　　　　第二人稱複數：你們 ihr

第三人稱單數：他 er；她 sie 　第三人稱複數：他們 sie

敬　稱　單　數：您 Sie 　　　　敬　稱　複　數：您們 Sie

注意！

敬稱的單、複數都是 Sie，不論在任何情況都要大寫。

2. du 使用在親近的人之間，例如：家人、青少年、直呼其名的親近朋友、大人對小孩。

Sie 是敬稱，使用在對不熟悉的人和職場上。

3. 動詞現在時態「弱變化」（規則變化）：

大多數動詞屬於這種變化。觀察德文動詞的原形，總是帶著字尾 **-en** 或 **-n**，而弱變化就是將動詞原形去除字尾之後，依照文法規則在各個人稱加上規定的字尾：

ich: -e / **du: -st** / **er, sie: -t** / **Sie:** 原形 /

wir: 原形 / **ihr: -t** / **sie:** 原形 /

	kommen	wohnen	heißen	arbeiten	wandern	sein
ich	komm e	wohn e	heiß e	arbeit e	wander e	bin
du	komm st	wohn st	heiß st	arbeit est	wander st	bist
er/sie	komm t	wohn t	heiß t	arbeit et	wander t	ist
wir	komm en	wohn en	heiß en	arbeit en	wander n	sind
ihr	komm t	wohn t	heiß t	arbeit et	wander t	seid
sie	komm en	wohn en	heiß en	arbeit en	wander n	sind
Sie	komm en	wohn en	heiß en	arbeit en	wander n	sind

注意！

1. 在非常規則的弱變化動詞當中，有少數動詞因為發音的關係，字尾出現一點例外。這些例外雖然也有規則加以規範，但是我們可以先不去管它，以免破壞學習的心情。

2. 而最常使用的動詞 sein，意思是「是、在」，變化極端不規則無法可循，所幸只有一個動詞如此，請單獨記起來即可。

4. **Deutschland** 為德國，以 **D** 代表。**Österreich** 為奧地利，以 **A** 代表。**die Schweiz** 為瑞士，以 **CH** 代表。

5. **Ich komme aus Deutschland / aus Österreich / aus der Schweiz.**
   我來自德國、來自奧地利、來自瑞士。
   瑞士 **die Schweiz** 的 **die** 受到介詞 **aus** 影響變為 **der**。

6. **aus**：介詞，意思是「來自」，可連接國名或城市名。
   例如：aus Taiwan, aus Taipei

   in：介詞，意思是「在……裡」，可連接國名或城市名。
   例如：in Deutschland, in Berlin

4-6 句型小幫手

認識三種句型

1. 敘述句：

動詞在第二單位，第一單位通常習慣放置主詞，但是也可以放置時間、地點等副詞單位或是受詞單位。

例如： <u>Ich</u> **komme** aus Berlin. (<u>Aus Berlin</u> **komme** ich.)
    1.   2.   1.   2.
我來自柏林。

    <u>Ich</u> **bin** Sabine Sauer. (<u>Sabine Sauer</u> **bin** ich.)
    1. 2.   1.   2.
我是 Sabine Sauer（沙碧娜繞爾）。

2. 有疑問詞的問句：

第一單位是疑問詞，動詞在第二單位，接著是主詞，然後接其他單位。

例如： <u>Wie</u> **heißen** Sie?
    1.   2.
您叫什麼名字？

Wie alt sind Sie?
    1.   **2.**

您幾歲？

Was machen Sie gern?
    1.   **2.**

您喜歡做什麼？

3. 以是（ja）或否（nein）回答的問句：

動詞在第一單位，接著是主詞，然後接其他單位。也就是說，將敘述句的動詞抽放在第一單位即可，結構簡單。口說時，句子尾音要提高。

例如：**Ist das Monika? – Ja, das ist Monika.**

    1. **2.**   **Nein, das ist Sabine.**

那是 Monika（莫妮卡）嗎？－ 是的，那是 Monika（莫妮卡）。

不是，那是 Sabine（沙碧娜）。

Arbeiten Sie in Frankfurt? – Ja, ich arbeite in Frankfurt.

    1.   **2.**   **Nein, ich arbeite in Berlin.**

您在法蘭克福工作嗎？－ 是的，我在法蘭克福工作。

不是，我在柏林工作。

131

4-7 練習一下吧！

1. 請完成下列的動詞變化：

	machen	hören	joggen	lernen
ich	mache			
du		hörst		
er / sie			joggt	
wir				lernen
ihr	macht			
sie		hören		
Sie			joggen	

2. 唸一唸下列數字：

a. 1 – 11 – 21 eins – elf – einundzwanzig

b. 2 – 12 – 22 zwei – zwölf – zweiundzwanzig

c. 3 – 13 – 33 drei – dreizehn – dreiunddreißig

d. 6 – 16 – 66 sechs – sechzehn – sechsundsechzig

e. 7 – 17 – 77 sieben – siebzehn – siebenundsiebzig

3. 請分解出數字：

sechsundsiebzigdreizehneinundachtzigfünfsiebenundsechzigeins

4. 請依照下面的提示介紹自己：

名字、國家、年齡、職業、居住城市、工作城市、喜好、手機號碼。

5. 請組成問句：

a. _____Peter?

– **Peter ist 44 Jahre alt.**

b. _____?

– **Ja, Peter spielt gern Fußball.**

c. _____**du von** _____?

– **Ich bin Sekretärin von Beruf.**

d. _____**kommen Sie?**

– **Ich komme aus Taiwan.**

e. _____**Sie Sabine Sauer?**

– **Nein, Ich heiße Monika Meier.**

（解答請見 P.188）

有關德語和德語國家

在德國、奧地利、瑞士，以及阿爾卑斯山的小國列支敦斯登（**Liechtenstein**），人們使用的語言是德語。此外，在歐洲其它國家境內，例如法國、比利時、丹麥、義大利、波蘭和獨立國協，還存在著說德語的族群。除了瑞士有德語、法語、義大利語、羅曼語四種官方語言之外，德國、奧地利、列支敦斯登的官方語言都是德語。但要注意的是，雖然同為德語，但並非每個地方的德語都相同，其口音和用字多受當地方言的影響。以德國為例，北部的德語和南部的德語聽起來很不同，而東部人說話帶著特殊的腔調，也和西部人不一樣，以「星期六」這個字為例，德北慣用 **Sonnabend**，德南則說 **Samstag**；再以問候語為例，德北慣用 **Guten Morgen! Guten Tag! Guten Abend!**，在德南則常聽到 **Grüß Gott!**，而且在許多地區，方言的使用很普遍，真是所謂「南腔北調」，不過我們這本書學的是標準德語，只要在德語區都能溝通。

德國、奧地利、瑞士這三個德語國家位於中歐，且都實施聯邦制度，列支敦斯登則是大公國。其中，德國的面積將近三十六萬平方公里，相當於臺灣面積的十二倍，人口大約八千二百萬，全國分為十六個邦，首都是柏林。雖然在一般人的觀念裡，一個州或一個邦應該佔有相當的面積，但是德國的三座城市 **Berlin** 柏林、**Hamburg** 漢堡、**Bremen** 布萊梅，幅員不大，在行政地位上卻各是一個邦。奧地利的面積為八萬三千平方公里，約為台灣的二倍多，人口八百萬，首都是維也納，全國由九個邦

所組成。瑞士的面積將近四萬二千平方公里，比臺灣稍微大一些，全國大約
七百五十萬人，首都是柏恩，是一個由二十六個州組成的國家。列支敦斯登這
個阿爾卑斯山中的迷你國，面積僅一百六十平方公里，人口只有三萬五千，首
都是瓦杜茲（**Vaduz**）。

MEMO

第五天
認識物品

- 隨身用品、家具、居家用品、食品、餐具等名詞，以及修飾這些名詞的形容詞
- 德語名詞的特性：第一個字母大寫、性別、單複數、簡單的標記法、定冠詞、不定冠詞
- 如何詢問價錢
- 代名詞
- 認識一份簡單的菜單
- 常用的量詞
- 強變化動詞：haben
- 助動詞：möchten
- 數字：100 – 1000

Es ist noch kein Meister vom
Himmel gefallen.
成功不是天上掉下來。

5-1 隨身用品

Was ist das? 這是什麼？

– Das ist　ein Rucksack.　這是一個後背包。

　　　　　eine Tasche　　這是一個袋子。

　　　　　ein Handy　　　這是一支手機。

– **Das sind Handys.**　　這些是手機。

 把這些「隨身用品」記下來！ CD62

der Rucksack, ¨ e	後背包	das Buch, ¨ er	書
die Tasche, -n	袋子	die Sonnenbrille, -n	太陽眼鏡
das Handy, -s	手機	der Regenschirm, -e	雨傘
das Mobiltelefon, -e	行動電話	der Schlüssel, -	鑰匙
die Brieftasche, -n	長皮夾	das Taschentuch, ¨ er	手帕
die Geldbörse, -n	錢包	die Kreditkarte, -n	信用卡
der Kugelschreiber, -	原子筆	das Geld	錢
das Heft, -e	本子	die Münze, -n	硬幣

文法小幫手：德語名詞的特點！

1. 名詞的第一個字母必須大寫。

2. 名詞具有性別：這裡所指的性別，不是生物的雌雄之別，而是文法的規定，可分為陽性、陰性、中性，每個名詞的性別都是固定不可更改的。

3. 名詞具有定冠詞和不定冠詞：

a. 陽性單數名詞，以定冠詞 **der** 標示。陰性單數名詞，以定冠詞 **die** 標示。中性單數名詞，以定冠詞 **das** 標示。複數名詞的定冠詞，一律為 **die**。定冠詞有指定的含意。記名詞時必須連著定冠詞一起記住。

b. 不定冠詞是用來標示單數「一」，例如：**ein Rucksack** 一個後背包，**eine Tasche** 一個袋子，**ein Handy** 一支手機。
陽性單數名詞的不定冠詞是 **ein**。陰性單數名詞的不定冠詞是 **eine**。中性單數名詞的不定冠詞是 **ein**。
複數名詞沒有不定冠詞，例如：~~ein Rucksäcke~~，~~eine Taschen~~，~~ein Handys~~。

c. 德語名詞的複數形式，不像英文名詞加 **-s** 或 **-es** 一般單純，而是有八、九種形式，建議你還是每個名詞個別記憶比較實際，等到累積一些名詞之後，就有可能歸納出規則。很多人初學德語時會被名詞嚇到，但是請放輕鬆，我們不是德國人，所以犯錯是應該的，況且學習的樂趣就在於認識不同的事物。

d. 在字典或字彙清單上，通常沒有完整的定冠詞和複數形標記，都是採用簡單的標記法。例如：

der Rucksack, die Rucksäcke 標記成 r.（或 m.）Rucksack, ¨e

die Tasche, die Taschen　標記成 e.（或 f.）Tasche, -n

das Handy, die Handys　標記成 s.（或 n.）Handy, -s

複數的定冠詞已經規定為 die，所以就不必再標示。橫線「-」代表單數形，所以複數字尾要加在橫線後方，若母音有變音，則以 ¨ 兩點標示。

e. 以表格整理上述規則如下：

	陽性（r./m.）	陰性（e./f.）	中性（s./n.）	複數
定 冠 詞：	der Rucksack	die Tasche	das Handy	die Handys
不定冠詞：	ein Rucksack	eine Tasche	ein Handy	X Handys

5-2 居家用品

A: **Entschuldigen Sie! Was ist das denn?**
對不起，這到底是什麼？

B: **Das ist ein Computer.**
這是一台電腦。

A: **Wie bitte? Ein Computer?**
你說什麼？一台電腦？

B: **Ja. Er ist sehr modern und nicht teuer.**
是的。它很時尚，而且不貴。

A: **Was kostet er?**
它要多少錢？

B: **Er kostet 1000 Euro.**
它要一千歐元。

A: **Das ist aber zu teuer.**
這太貴了。

 **練習一下!** CD63

Der **Kühlschrank ist neu.**	這電冰箱是新的。
Er kostet 500 Euro.	它值五百歐元。
Die **Mikrowelle ist neu.**	這微波爐是新的。
Sie kostet 200 Euro.	它值二百歐元。
Das **Regal ist neu.**	這置物架是新的。
Es kostet 300 Euro.	它值三百歐元。
Die **Stühle sind neu.**	這些椅子是新的。
Sie kosten 400 Euro.	它們值四百歐元。

 把這些「居家用品」記下來! CD64

das Haus, ̈ er	房子	die Lampe, -n	燈
die Wohnung, -en	公寓	der Fernseher, -	電視機
das Zimmer, -	房間	der CD-Player, -	雷射唱片播放機
die Tür, -en	門	der Computer, -	電腦
das Fenster, -	窗戶	der Drucker, -	印表機
der Tisch, -e	桌子	die Mikrowelle, -n	微波爐
der Stuhl, ̈ e	椅子	der Kühlschrank, ̈ e	電冰箱
der Schrank, ̈ e	櫥櫃	die Waschmaschine, -n	洗衣機
das Regal, -e	置物架	die Uhr, -en	鐘
das Bett, -en	床	der Abfalleimer, -	垃圾桶

把這些「形容詞」記下來！ CD65

gut	良好的	groß	大的
schlecht	不佳的	klein	小的
schön	美麗的	bequem	舒適的
hässlich	醜陋的	modern	流行的
praktisch	實用的	originell	原創性的
kaputt	壞了的	interessant	有趣的
neu	新的	billig	便宜的
alt	舊的	teuer	昂貴的

文法小幫手：

1. 認識了物品名詞之後，接下來我們用形容詞來說明物品的特性和外觀。

   例如：**Der Tisch ist alt.** 這桌子是舊的。

   　　　Der Stuhl ist bequem. 這椅子是舒適的。

2. 「**nicht**」是個否定字，和英文的 **not** 一樣，要放在形容詞之前，用來否定形容詞。

   例如：**nicht teuer** 不貴，**nicht alt** 不舊。

   「**sehr**」意思是「很」，放在形容詞之前，

   例如：**sehr teuer** 很貴，**sehr alt** 很舊。

   「**zu**」意思是「太」，放在形容詞之前，

   例如：**zu teuer** 太貴，**zu alt** 太舊。

3. 動詞 **kosten**，弱變化，意思是「花費，值……錢」，用在問價錢和說明價錢上。

例如：**Was kostet das?** 這個多少錢？

Was kostet der Computer?

這個電腦多少錢？

– Der Computer kostet 1000 Euro.

－這個電腦要一千歐元。

4. 為了避免累贅感，可以使用代名詞取代重覆出現的名詞。

德語的代名詞是取決於名詞的性別，與生物或非生物無關。

陽性名詞用 **er** 取代，陰性名詞用 **sie** 取代，中性名詞用 **es** 取代，複數名詞用 **sie** 取代。

以表格整理如下：

	定冠詞	代名詞
陽性名詞	**der**	**er**
陰性名詞	**die**	**sie**
中性名詞	**das**	**es**
複數名詞	**die**	**sie**

5-3 餐具與食物

Ich habe Hunger. Ich möchte Brot essen.

我餓了。我想吃麵包。

Ich habe Durst. Ich möchte Bier trinken.

我渴了。我想喝啤酒。

Aber das Brot ist hart, und das Bier ist zu bitter.

可是這麵包是硬的，而且這啤酒太苦了。

Ich möchte gern eine Tasse Kaffee.

我很想要一杯咖啡。

把這些「餐具與食物」記下來！ CD67

der Teller, -	盤子	der Reis	米，飯
die Tasse, -n	有握把的杯子	die Nudel, -n	麵
das Glas, ¨ er	玻璃杯	der Hamburger, -	漢堡
die Gabel, -n	叉子	die(Pl.) Pommes frites	炸薯條
der Löffel, -	湯匙	die Suppe, -n	湯
das Messer, -	刀子	die Milch	牛奶
das Brot	麵包	der Saft, ¨ e	果汁
das Brötchen, -	小麵包	das Mineralwasser	礦泉水
der Käse	乳酪	das Bier	啤酒
die Wurst, ¨ e	香腸	der Wein	葡萄酒
das Fleisch	肉類	der Tee	茶
der Fisch, -e	魚	der Kaffee	咖啡
der Salat, -e	沙拉	die Cola	可樂
die Kartoffel, -n	馬鈴薯		

 把這些「形容詞」記下來！ CD68

lecker	可口的	warm	暖的，熱的
süß	甜的	kalt	冷的
salzig	鹹的	trocken	乾的
sauer	酸的	hart	硬的
bitter	苦的	fett	油膩的
scharf	辣的	frisch	新鮮的

die Speisekarte

Suppen 湯
Gemüsesuppe
蔬菜湯
Gulaschsuppe
牛肉湯

Salate 沙拉
Tomatensalat
番茄沙拉
Gurkensalat
黃瓜沙拉
Gemischtsalat
混合沙拉

Hauptgerichte 主餐
Kotelett
帶骨肉排
Schnitzel mit
Pilzsoße
蘑菇醬薄煎豬肉排
Rinderbraten
烤牛肉
Schweinebraten
烤豬肉

Beilagen 配餐
Kartoffeln
馬鈴薯
Knödel
馬鈴薯丸子

Pommes frites
炸薯條
Reis
米飯

Nachspeisen 甜點
Eis mit Sahne
冰淇淋加鮮奶油
Apfelkuchen
蘋果蛋糕
Obstkuchen
水果蛋糕

Getränke 飲料
Cola
可樂
Limonade
檸檬汽水
Apfelsaft
蘋果汁
Bier
啤酒
Rotwein
紅葡萄酒
Weißwein
白葡萄酒
Kaffee
咖啡
Tee
茶

Tag 5

把這些「容器」記下來！　　　　CD70

---

das Glas, ¨er 玻璃杯（用來裝冷的飲料）
ein Glas　　一杯　　↘　Mineralwasser, Bier, Wein, Cola, Saft, Milch
zwei Gläser　兩杯　　↗　礦泉水，啤酒，葡萄酒，可樂，果汁，牛奶

die Tasse, -n 有握把的杯子（用來裝熱飲）
eine Tasse　　一杯　　↘　Kaffee, Tee
drei Tassen　三杯　　↗　咖啡，茶

die Flasche, -n 瓶子
eine Flasche　一瓶　　↘　Mineralwasser, Bier, Wein, Cola, Saft, Milch
vier Flaschen 四瓶　　↗　礦泉水，啤酒，葡萄酒，可樂，果汁，牛奶

die Dose, -n 鋁罐
eine Dose　　一罐　　↘　Cola, Bier, Saft, Mineralwasser, Kaffee
fünf Dosen　五罐　　↗　可樂，啤酒，果汁，礦泉水，咖啡

文法小幫手：　　　　CD71

1. 量詞：流體物質，例如：果汁、牛奶、礦泉水、啤酒等，在
　文法上屬於不可數名詞，不可以用數字去數，需要用量詞來計
　算，例如：兩杯啤酒、三瓶葡萄酒、四罐可樂。可是點餐的時
　候，可以用數字直接計數。

　　例如：zwei Apfelsaft 兩個蘋果汁

　　　　　vier Kaffee 四個咖啡

2. **haben** 意思是「有」，強變化動詞，與弱變化的差別在於，強變化動詞在第二人稱 **du** 和第三人稱 **er** 的變形必須強記，沒有規則可循，其他的人稱 **ich, wir, ihr, sie, Sie** 則保持弱變化字尾，以 **haben** 為例：

ich	habe	wir	haben
du	hast	ihr	habt
er	hat	sie	haben

3. **möchten** 是助動詞，意思是「想要」。助動詞有一套不同於一般動詞的字尾變化，如下：

ich	möchte	wir	möchten
du	möchtest	ihr	möchtet
er	möchte	sie	möchten

助動詞會使動詞成為原形，並且置於句尾，
例如： Ich möchte Brot essen. 我想吃麵包。

4. 數字 100-1000：

101	einhundert**eins**	726	siebenhundert**sechsundzwanzig**
202	zweihundert**zwei**	867	achthundert**siebenundsechzig**
303	dreihundert**drei**	999	neunhundert**neunundneunzig**
413	vierhundert**dreizehn**	1000	ein**tausend**
519	fünfhundert**neunzehn**	2000	zwei**tausend**

5-4 練習一下吧！

1. 請找出名詞：

a. hausfernseherdruckerkühlschrankbett

b. glastassekäsesaftsalatwurstbrötchen

c. rucksackgeldregenschirmheftmünze

2. 請將下列名詞歸類：

Kreditkarte   *Handy*   *Kugelschreiber*

Tasche   *Kaffee*   *Fenster*   *Computer*

Uhr   *Stuhl*   *Brot*   *Milch*   *Buch*

Reis   *Lampe*   *Cola*   *Mikrowelle*   *Saft*

Mineralwasser   *Regal*   *Tisch*   *Schlüssel*   *Kartoffel*

der	die	das
ein	eine	ein

a.   **b.**   **c.**

_____ _____ _____

_____ _____ _____

_____ _____ _____

_____ _____ _____

_____ _____ _____

3. 請寫出阿拉伯數字：

    a. vierhunderteins _____

    b. neunhundertzwölf _____

    c. siebenhundertneunundachtzig _____

4. möchte – möchtet – möchten – trinken – essen – tanzen？

    a. Ich _____ **Milch** _____ **.** 我想喝牛奶。

    b. _____ ihr Reis _____？你們想吃米飯嗎？

    c. Wir _____ _____ **.** 我們想跳舞。

5. er – sie – es？

    a. Die Brieftasche ist neu. _____ **kostet 70 Euro.**

    b. Das Mobiltelefon ist neu. _____ kostet 150 Euro.

    c. Der Wein ist sauer. _____ **kostet 5 Euro.**

    d. Die Brötchen sind hart. _____ sind nicht frisch.

（解答請見 P.190）

德國的飲食三餐

相對於中華美食的精緻和廣受歡迎，德國菜餚在國境外恐怕是知音難尋的。德式料理向來是分量多，卻不精緻，也就是吃得飽，容易準備，但是很單調。一定有很多人百思不解，為什麼德國人對探討形而上的哲學那麼感興趣，卻對發展自己的美食文化不太經心，這也許和德國人的務實個性有關，他們認為吃飯不過是填飽肚子，色香味這等事不值得浪費時間和精神。也因此，他們一向吃得很簡單。

德國人的早餐有麵包加乳酪、香腸、奶油、果醬，以及穀物麥片加牛奶，有時還會加顆水煮蛋或炒蛋，然後喝咖啡、茶或果汁。有的人則會在早、午餐之間，喝杯咖啡，再吃個夾乳酪或夾香腸肉片的麵包。在傳統上，午餐是德國人一天當中最重要也最豐盛的一餐，孩子從學校放學回家，父親從工作處趕回來，全家一起用餐。有趣的是，只有中午才吃熱食，菜色多半是一整塊雞肉或豬肉，加上馬鈴薯和生菜沙拉。另外，下午時分的「咖啡時間」和英國的下午茶時間十分相似，不過不是喝茶吃鬆餅，反而通常是喝咖啡吃蛋糕。若邀請友人來喝下午咖啡，那麼至少要準備兩種蛋糕來款待客人，如果只準備一種蛋糕，可說是很寒酸的。至於杯盤、餐巾、餐具以及桌面的布置更需要講究，因為這一頓飲食可以表現一個人的好客和生活品味。晚餐大約在七點鐘，分量比午餐少，也比午餐清淡，很多家庭晚餐的內容和早餐幾乎一樣，仍然是麵包、乳酪、香腸、火腿片和沙拉。

　　德國人的三餐雖然簡單，但是德國的麵包和蛋糕絕對值得一提，它們種類豐富而且品質紮實，令人回味無窮。此外，在德國人生活中扮演第一主角的飲料，非啤酒莫屬。光是德國自產的啤酒就超過四千種，絕大多數不是全國性的大廠牌，而是地方小廠生產的當地啤酒，可是他們對啤酒的釀製非常重視，直到今日仍堅持遵循著西元 1516 年所制定的「啤酒純淨法規」來生產，因此擁有歐洲最純淨的啤酒品質。

　　閱讀到這裡，你是不是也感受到德國飲食的紮實、質樸無華與注重實用了呢？

MEMO

第六天
家人與休閒

- 時段的名稱：秒、分、時、一天的時段、日、星期、月、季節、年
- 鐘面時間的説法：正式説法與日常口語
- 家族成員的稱謂，以及説明人的特點的形容詞
- 所有格：mein 我的、dein 你的、sein 他的、ihr 她的、Ihr 您的、unser 我們的、euer 你們的、ihr 他們的、Ihr 您們的
- 與一天當中行事活動相關的動詞
- 動詞現在時態強變化的規則
- 可分離動詞

Morgenstund hat Gold im Mund.
一日之計在於晨。

6-1 四季、月份與星期

Ein Jahr hat vier Jahreszeiten.
一年有四季。

Ein Jahr hat zwölf Monate.
一年有十二個月。

Ein Jahr hat zweiundfünfzig Wochen.
一年有五十二個星期。

Ein Jahr hat dreihundertfünfundsechzig Tage.
一年有三百六十五天。

Eine Woche hat sieben Tage.
一個星期有七天。

Ein Tag hat vierundzwanzig Stunden.
一天有二十四小時。

Eine Stunde hat sechzig Minuten.
一小時有六十分鐘。

Eine Minute hat sechzig Sekunden.
一分鐘有六十秒。

把時間相關的「量詞」記下來！

das Jahr, -e	年	die Jahreszeit, -en	季	der Monat, -e	月
die Woche, -n	星期	der Tag, -e	天	die Stunde, -n	小時
die Minute, -n	分	die Sekunde, -n	秒		

 把「四季」記下來！ CD74

Frühling	春季	Sommer	夏季
Herbst	秋季	Winter	冬季

 把「十二個月」記下來！

Januar	一月	Februar	二月	März	三月
April	四月	Mai	五月	Juni	六月
Juli	七月	August	八月	September	九月
Oktober	十月	November	十一月	Dezember	十二月

 把「星期」記下來！

Montag	星期一	Dienstag	星期二	Mittwoch	星期三
Donnerstag	星期四	Freitag	星期五	Samstag	星期六
Sonntag	星期日				

6-2 幾點幾分

Wie spät ist es?

現在幾點鐘？

- Es ist ... ...

－現在是……

	正式說法	日常口語
9:00	Es ist neun Uhr.	Es ist neun Uhr.
11:15	**Es ist elf Uhr fünfzehn.**	**Es ist Viertel nach elf.**
17:30	Es ist siebzehn Uhr dreißig.	Es ist halb sechs.
21:45	**Es ist einundzwanzig Uhr fünfundvierzig.**	**Es ist Viertel vor zehn.**
00:00	Es ist null Uhr.	Es ist zwölf Uhr.

文法小幫手：

1. 還記得 **die Uhr, -en** 這個字嗎？它是名詞，表示「鐘，錶」的意思。但是此處的 **Uhr** 沒有複數形式，意思是「……點鐘」。

2. 在德國有兩種報時的方式：

   正式說法： 在火車站、收音機或公眾場所，為了達到清楚確實的目的，用這種方式播報時間，完全按照幾點幾分來說。

   例如： **acht Uhr dreizehn** 8:13
   zwanzig Uhr neunundfünfzig 20:59

   日常口語： 其實這種說法對於初學德語的人而言比較複雜。我們先學四個時間點：整點最容易，和正式說法相同；半點的說法最奇特，「**halb**」是「一半」，<u>7:30 **halb acht**</u> 必須多說一個小時；十五分鐘是鐘面上的四分之一，所以用「**1/4**」也就是「**Viertel**」取代，這和中文的「一刻鐘」是一樣的，然後用介詞「**nach**」即「……之後」、「**vor**」即「……之前」來組合。

   Viertel nach sieben　7:15 七點過後一刻鐘

   Viertel vor acht　7:45 八點之前一刻鐘

3. 說到時間，主詞是 **es**：

   Wie spät ist es?　– Es ist 10 Uhr. 現在幾點鐘？－現在十點。

   Es ist Sommer. 現在是夏天。

   Es ist Juni. 現在是六月。

6-3 家人

Die Frau ist meine Mutter. Sie ist nett.

這女子是我的母親。她很親切。

Der Mann ist mein Vater. Er ist auch sehr nett.

這男子是我的父親。他也很親切。

Ist das dein Vater?

這是你的父親嗎？

– Nein, das ist mein Onkel. Er ist nett.

－不是，這是我的伯父。他很親切。

Ist das deine Schwester?

這是你的姊姊嗎？

– Nein, das ist meine Cousine. Sie ist intelligent.

－不是，這是我的表姊。她很聰明。

Ist das Ihr Sohn?

這是您的兒子嗎？

– Nein, das ist mein Neffe. Er ist faul.

－不是，這是我的姪子。他很懶惰。

Ist das Ihre Tochter?

這是您的女兒嗎？

– Nein, das ist meine Nichte. Sie ist fleißig.

－不是，這是我的姪女。她很勤快。

Ist das euer Großvater?

這是你們的祖父嗎？

– Ja, das ist unser Großvater. Er ist alt.

－是的，這是我們的祖父。他老了。

Ist das eure Großmutter?

這是你們的祖母嗎？

– Ja, das ist unsere Großmutter. Sie ist müde.

－是的，這是我們的祖母。她累了。

Tag 6

 **把這些「稱謂」記下來！** CD79

der Mann, ̈er	男人，丈夫	der Sohn, ̈e	兒子
die Frau, -en	女人，妻子	die Tochter, ̈	女兒
das Kind, -er	小孩	der Bruder, ̈	兄弟
das Mädchen, -	女孩	die Schwester, -n	姐妹
der Junge, -n	男孩	der Onkei, -	叔、伯、舅父
der Vater, ̈	父親	die Tante, -n	姑、姨、舅、嬸母
die Mutter, ̈	母親	der Cousin, -s	堂、表兄弟
die(Pl.) Eltern	父母親	die Cousine, -n	堂、表姐妹
der Großvater, ̈	祖父，外祖父	der Neffe,-n	姪子，外甥
die Großmutter, ̈	祖母，外祖母	die Nichte, -n	姪女，外甥女
die(Pl.) Großeltern	（外）祖父母		

把這些「形容詞」記下來！ CD80

groß	高大的	nett	親切的
klein	矮小的	freundlich	友好的
jung	年輕的	interessant	有趣的
alt	老的	intelligent	聰明的
fleißig	勤勞的	beschäftigt	忙碌的
faul	懶惰的	müde	疲累的

文法小幫手：

1. 最常出現的三種名詞形式是：定冠詞的名詞、不定冠詞的名詞、所有格的名詞。前二者我們已經介紹過，現在則要認識所有格：**mein** 我的、**dein** 你的、**sein** 他的、**ihr** 她的、**unser** 我們的、**euer** 你們的、**ihr** 他們的、**Ihr** 您的 / 您們的。所有格還必須連著名詞使用，若連接陰性和複數名詞，所有格就會加上字尾 **-e**。另外需要特別注意的是：**euer** 加上字尾 **-e** 時，必須去除字中的 **e**，成為 **eure**。

2. 列表如下：

	陽性	陰性	中性	複數
	der Computer	**die Uhr**	**das Radio**	**die Uhren**
ich	mein Computer	meine Uhr	mein Radio	meine Uhren
du	**dein Computer**	**deine Uhr**	**dein Radio**	**deine Uhren**
er	sein Computer	seine Uhr	sein Radio	seine Uhren
sie	**ihr Computer**	**ihre Uhr**	**ihr Radio**	**ihre Uhren**
wir	unser Computer	unsere Uhr	unser Radio	unsere Uhenr
ihr	**euer Computer**	**euere Uhr**	**euer Radio**	**euere Uhren**
sie(Pl.)	ihr Computer	ihre Uhr	ihr Radio	ihre Uhren
Sie	**Ihr Computer**	**Ihre Uhr**	**Ihr Radio**	**Ihre Uhren**

6-4 一天的活動

ein Tag von Monika

Monika（莫妮卡）的一天

7:30 frühstücken
Sie frühstückt um halb acht.
她在七點半吃早餐。

13:00 zu Mittag essen
Um ein Uhr isst sie zu Mittag.
她在一點鐘吃中餐。

18:30 zu Abend essen
Sie isst um halb sieben zu Abend.
她在六點半吃晚餐。

7:45 Zeitung lesen
Um Viertel vor acht liest sie Zeitung.
她在七點四十五分閱讀報紙。

23:00 schlafen
Um elf Uhr schläft sie.
她在十一點鐘睡覺。

15:00 Freunde treffen
Sie trifft Freunde um drei Uhr.

她在三點鐘和朋友見面。

21:00 nach Haus fahren
Um neun Uhr fährt sie
nach Haus.

她在九點鐘回家。

7:00 auf/stehen
Monika steht um sieben
Uhr auf.

Monika（莫妮卡）在七點鐘起床。

10:15 ein/kaufen
Um Viertel nach zehn
kauft sie ein.

她在十點十五分購物。

21:30 fern/sehen
Um halb zehn sieht sie fern.

她在九點半看電視。

你可以依照時間先後次序將莫妮卡一天的活動排列好嗎？

Was machen Sie in der Freizeit?
您在休閒時做什麼？

grillen

Ich grille gern.
我喜歡烤肉。

zu Haus bleiben

Ich bleibe gern zu Haus.
我喜歡待在家裡。

ein Café besuchen

Monika besucht gern ein Café.
Monika（莫妮卡）喜歡上咖啡館。

eine Bar besuchen

Peter besucht gern eine Bar.
Peter（佩特）喜歡上酒吧。

ins Kino gehen

Wir gehen gern ins Kino.
我們喜歡去看電影。

ins Konzert gehen

Wir gehen gern ins Konzert.
我們喜歡去聽音樂會。

ins Theater gehen

**Monika und Peter gehen
gern ins Theater.**
我們喜歡去看戲劇。

Yoga machen

**Monika und Peter machen
gern Yoga.**

Monika（莫妮卡）和 **Peter**（佩特）喜歡

做瑜伽。

文法小幫手：

1. 我們在前一課已經認識 haben 這個強變化動詞，也知道強變化與
   弱變化的區別：強變化動詞在第二人稱 du 和第三人稱 er 的變形必
   須強記，沒有規則可循，其他的人稱 ich, wir, ihr, sie, Sie 則保持弱
   變化字尾。在這一課我們再多認識幾個強變化動詞：

	fahren	essen	lesen	schlafen	sehen	treffen
ich	fahre	esse	lese	schlafe	sehe	treffe
du	fährst	isst	liest	schläfst	siehst	triffst
er / sie	fährt	isst	liest	schläft	sieht	trifft
wir	fahren	essen	lesen	schlafen	sehen	treffen
ihr	fahrt	esst	lest	schlaft	seht	trefft
sie	fahren	essen	lesen	schlafen	sehen	treffen
Sie	fahren	essen	lesen	schlafen	sehen	treffen

2. 分離動詞是很特殊的一種動詞，顧名思義就是將動詞拆開來使用。
   在結構上，分離動詞是由兩個小單位組合而成：前綴詞 ＋ 動詞。

   stehen 站著　　　aufstehen 起床

   sehen 看見　　　fernsehen 看電視

   kaufen 購買　　　einkaufen 採購，購物

使用時，將兩個小單位拆開，動詞隨著句型放置在規定的位置，前綴詞置於句尾。

aufstehen   Der Junge steht um 8 Uhr auf. 這男孩八點起床。

fernsehen   Siehst du gern fern? 你喜歡看電視嗎？

einkaufen   Wo kaufen Sie ein? 您在哪裡購物？

3.   **7 Uhr** 七點鐘

Wie Spät ist es? – Es ist 7 Uhr.

現在幾點？－現在七點。

um 7 Uhr 七點鐘的時候

Wann kommt Peter? – Er kommt um 7Uhr.

Peter（佩特）什麼時候來？－他七點鐘來。

Wann stehen Sie auf? – Ich stehe um halb 7 auf.

您什麼時候起床？－我在六點半起床。

6-5 練習一下吧！

1. 連連看：

Mittwoch	星期二
Donnerstag	星期三
Samstag	星期四
Dienstag	星期六

2. 連連看：

halb zwölf	**ein Uhr**	**Viertel vor acht**	**Viertel nach neun**

3. 所有格需要加字尾嗎？

Wo ist

mein _____	Computer (r.)?
dein _____	Auto (s.)?
Ihr _____	Handy (s.)?
sein _____	Uhr (e.)?
unser _____	Tasche (e.)?
euer _____	Tochter (e.)?
ihr _____	Rucksack (r.)?

4. 請翻譯成中文：

a. Meine Schwester heißt Monika. _____

b. Dein Sohn ist fleißig. _____

c. Unser Großvater ist interessant. _____

d. Eure Mutter kommt um halb 10. _____

5. 請寫出時間：

a. Wann isst Monika zu Mittag? – _____（**12:15**）

b. Wann kauft Monika ein? – _____（**14:45**）

c. Trifft Monika um 16:15 Freunde?

　　– Nein, _____（**16:45**）

d. Fährt Monika um 18:45 nach Haus?

　　– Nein, _____（**18:15**）

（解答請見 P.192）

德國人的休閒活動

德國人休閒時會做什麼？他們的休閒活動和我們的一樣嗎？

在德國，喜歡園藝的城市人可以租一小塊位於城市邊緣的菜園，當個假日農夫，過過拈花惹草的癮。而上班族一年可享有三十天至六星期的休假，有充足的時間在國內或國外旅遊。

不僅德國人有充足的時間，德國還有數十萬個經註冊登記的體育社團和休閒俱樂部，吸引同好參與活動。這些俱樂部各有自己的組織和規則，並且有法律來規範管理，所以可以非常放心。德國熱愛體育活動的人口眾多，眾所周知他們最狂熱的運動是足球，但是其他的運動項目如：網球、籃球、賽車、騎馬、風帆、衝浪也都很受喜愛。此外，各階層的德國人都喜歡上酒館，除了可以結交新朋友，還可以把酒言歡盡情討論，紓解對運動賽事的狂熱。

日常閱讀的報章雜誌，在德國就有九千多種，日報、周刊、月刊、和其他專刊應有盡有，其中銷售量最大的報紙是「畫報」（**Bildzeitung**），每日銷售超過四百萬份，大量的腥羶圖片是它的特色，也是銷售量的保證。但是受德國人推崇的報紙是內容嚴謹而銷量只有畫報十分之一的「時代周報」（**Die Zeit**）、「法蘭克福廣訊報」、「南德日報」、「世界日報」等。在大量的雜誌當中，「明鏡周刊」（**Der Spiegel**）和「明星周刊」（**Der Stern**）是最有名而且最具地位的。但和我們大不相同的

是，德國報紙星期日幾乎不出刊，只有少數幾家報社出版薄薄數頁的週
日版。這是因為星期日在傳統上是休息的安靜日，老一輩的人甚至還遵
守著當天不打掃、不洗衣、不工作的傳統，何況是出版報紙？此外，看
電視是現代人最方便的休閒活動，在德國也一樣。德國的電視系統分為
兩個部分：公營的無線電視以及私營的有線電視。無線電視包括兩個全
國性的電視台和一個地方台，觀眾必須繳付年費，用以支助公共節目；
有線電視則必須另外安裝電纜，並且必須繳費之後才能收看。

　　一個世紀以來，德國人以身為「有文化的民族」而自豪，所以看電影、
上音樂廳、觀賞戲劇、參觀博物館和展覽等藝文活動，更是他們重要的
休閒項目。

MEMO

第七天
天氣、健康與旅遊

· 各種氣候狀況

· 各種身體不適的情況

· 藉著各種交通工具去旅行

· 名詞處於受詞（Akkusativ）的情況下，其定冠詞、不定冠詞、所有格的變化

· 旅行時攜帶的衣物及其顏色

Man lernt nie aus.
學無止境。

7-1 今天天氣

A: **Wie ist das Wetter heute?**

今天天氣如何？

B: **Das Wetter ist toll.**

天氣很棒。

C: **Die Sonne scheint.**

太陽照耀。

D: **Es regnet.**

下雨了。

E: **Es ist kühl.**

很涼爽。

把這些「感覺」記下來！ CD84

sehr schön	很好	schrecklich	很糟糕
gut	好		

 把這些「自然現象」記下來！ CD85

Es blitzt.（blitzen）	閃電	Es stürmt.（stürmen）	刮大風
Es donnert.（donnern）	打雷	Es schneit.（schneien）	下雪

 把這些「形容詞」記下來！ CD86

kalt	冷的	sonnig	晴朗的
warm	溫暖的	windig	多風的
heiß	熱的	bewölkt	陰天的
schwül	悶熱的		

 文法小幫手：

1. 我們說到氣候這種自然現象，例如：刮風、閃電、打雷、下雨、下雪等，或是陰、晴、冷、熱等，句子的主詞是「es」。

2. 但是，太陽當空照耀，主詞則是太陽。

7-2 身體情況

Mir ist schlecht. 我不舒服。

Ich bin krank. 我病了。

Ich habe eine Erkältung . 我感冒。

Ich habe Kopfschmerzen . 我頭痛。

Ich nehme Medikamente. 我服藥。

Ich gehe zum Arzt. 我去看醫生。

 把這些「症狀」記下來！ CD88

Grippe	流行性感冒	Schnupfen	流鼻水
Fieber	發燒	Durchfall	腹瀉
Husten	咳嗽		

 把這些「疼痛」記下來！ CD89

Zahnschmerzen	牙痛	Bauchschmerzen	肚子痛
Halsschmerzen	喉嚨痛		

Mein Kopf tut weh.

我的頭痛。

Meine Beine tun weh.

我的雙腿痛。

 把這些「身體部位」記下來！ CD91

der Kopf	頭	der Zahn, ¨ e	牙齒	der Bauch	腹部
das Gesicht	臉	der Hals	脖子	der Rücken	背部
das Auge, -n	眼睛	der Arm, -e	手臂	das Bein, -e	腿
die Nase	鼻子	die Hand, ¨ e	手	der Fuß, ¨ e	腳
der Mund	嘴	der Finger, -	手指頭	der Zeh, -en	腳趾頭
das Ohr, -en	耳朵	die Brust	胸部		

 文法小幫手：

有兩種簡單的句型可以描述身體部位的疼痛：

1. 先將（身體部位 ＋ **schmerzen**）組合出名詞，例如：**Kopfschmerzen** 頭痛，**Zahnschmerzen** 牙痛，**Halsschmerzen** 喉嚨痛，**Bauchschmerzen** 肚子痛，然後使用動詞 **haben** 來造句，例如：**Peter hat Kopfschmerzen.** **Peter**（佩特）頭痛。這種組合雖然很簡便，但可惜只有上述幾個是大家慣用的，如果自創新字，恐怕別人不易理解。

2. 將身體部位當主詞，配合弱變化動詞 **tun**，再加 **weh**。這個句型可以描述任何部位的疼痛，例如：**Meine Ohren tun weh.** 我的耳朵痛。

7-3 交通工具

Morgen mache ich eine Reise. 我明天去旅行。

Ich fahre nach München. 我去慕尼黑。

Ich fliege nach München. 我飛往慕尼黑。

Ich nehme den Bus. 我搭乘公車。

Er nimmt den Zug. 他搭乘火車。

Du gehst zu Fuß. 你步行。

把這些「交通工具」記下來！ CD93

das Flugzeug	飛機	die U-Bahn	地下鐵
das Taxi	計程車		

文法小幫手:

1. 動詞 **fahren** 意思為「藉助交通工具前往」,不是徒步步行,例如:
   Ich fahre nach Taipei. 我去台北。
   動詞 **fliegen** 是「飛」,若要表達「搭飛機前往」,例如:
   Ich fliege nach Deutschland. 我飛往德國。

2. 介詞 **nach** ＋城市名、國名,表示「到某個城市、國家」,例如:
   nach Deutschland 去德國
   nach Berlin 去柏林

3. 若要表達「搭乘某一種交通工具」,可以使用動詞 **nehmen** ＋交通
   工具,例如:Wir nehmen den Zug. 我們搭乘火車。

4. 名詞當作動詞的受詞時,冠詞可能會變形。因此,我們在這裡要認
   識的是名詞處在受格(**Akkusativ**)的情況下,冠詞如何變化:

	陽性	陰性	中性	複數
主格 (名詞原始的狀態)	der Bus der Tisch	die U-Bahn die Uhr	das Taxi das Buch	die Busse die Uhren
受格 (名詞的一種變形) (德語為 Akkusativ)	**den** Bus **den** Tisch	**die U-Bahn** **die Uhr**	**das Taxi** **das Buch**	**die Busse** **die Uhren**
	ein**en** Tisch mein**en** Tisch	eine Uhr meine Uhr	ein Buch mein Buch	--- Uhren meine Uhren

Akkusativ 的規則是:陽性名詞的定冠詞、不定冠詞、所有格必須加上
-en 的字尾。陰性、中性、複數名詞不必變形。

7-4 出門物品

Was brauche ich? 我需要什麼？

Ich brauche den Mantel. 我需要大衣。

Was nehme ich mit? 我攜帶什麼？

Ich nehme die Jacke mit. 我攜帶外套。

 把這些「出門物品」記下來！　　CD95

die Hose, -n	長褲	die Sportschuhe (Pl.)	運動鞋
der Rock, ¨ e	裙子	die Stiefel (Pl.)	靴子
der Pullover, -	套頭毛衣	die Socken (Pl.)	短襪
das Hemd, -en	男襯衫	die Handschuhe (Pl.)	手套
die Bluse, -n	女襯衫	der Schal, -s	圍巾
das Kleid, -er	連身洋裝	die Kontaktlinsen (Pl.)	隱形眼鏡
die Schuhe (Pl.)	鞋子	die Medikamente (Pl.)	藥品

7-5 顏色

Der Pullover ist weiß .

這件套頭毛衣是白色的。

把這些「顏色」記下來！

schwarz	黑色的	**gelb**	黃色的
rot	紅色的	**braun**	棕色的
grün	綠色的	**rosa**	粉紅色的
blau	藍色的	**lila**	淺紫色的
grau	灰色的		

7-6 練習一下吧！

1. 請填寫定冠詞的受格形式：

die – das – den / ein – einen – eine – x /

a. Das ist ein Mantel. Ich brauche <u>d</u>_____ Mantel(r.).

b. Es ist kalt. Ich brauche <u>d</u>_____ Jacke(e.).

c. Brauchst du <u>d</u>_____ Schal(r.)?

d. Braucht Monika <u>d</u>_____ Stiefel(Pl.)?

e. Peter braucht <u>d</u>_____Hemd(s.).

f. Hast du _____ Computer(r.), _____
    Drucker(r.), _____Lampe(e.), _____ Auto(s.),
    _____ Sportschuhe(Pl.)?

2. 連連看：

流鼻水	**Husten**
咳嗽	**Bauchschmerzen**
喉嚨痛	**Schnupfen**
肚子痛	**Halsschmerzen**

3. 請找出各種顏色：

gelbrotschwarzbraungrünblaugraurosaweißlila

4. 連連看：

die Augen   das Gesicht

die Nase   die Finger

der Fuß   die Ohren

（解答請見 P.194）

德國境內的
世界自然遺產與文化遺產

　　聯合國教科文組織至今已認定的自然和文化遺產大約有九百一十處，德國便擁有三十三處。其中僅有兩處是自然遺產，其餘三十一處屬於文化遺產，包含有教堂、王宮、修道院、園林、公園、古城、礦場、建築遺跡、文化風格等等，而以古城數量最多，教堂居次。若以獲得認定的時間來看，亞琛大教堂（der Aachener Dom）拔得頭籌，最早取得認定，瓦登海（das Wattenmeer）則最遲，在 2009 才取得自然遺產的認定。

　　亞琛大教堂的外觀雖然不像位於萊茵河畔的科隆大教堂那麼壯觀碩大，卻能在西元 1979 年，比科隆大教堂早十八年被納入文化遺產的名單中，其原因除了建築藝術這一項之外，更因為它有長達六百多年的時間與歐洲的歷史息息相關。而西元八世紀建立神聖羅馬帝國的查理曼大帝，是歐洲歷史上第一任由羅馬教皇加冕的「皇帝」，加冕儀式就是在查里曼的皇家教堂亞琛大教堂舉行。從此一直到十六世紀，神聖羅馬帝國二、三十位皇帝都在這個教堂接受加冕，甚至查理曼大帝的金棺至今仍供奉在教堂的唱詩席內。所以亞琛大教堂在歷史上有著極其崇高的地位。它，第一個被納入文化遺產名單中，也可謂名實相符。

　　瓦登海則是世界上最大的潮間帶，沿著北海海岸，面積有一萬多平方公里，包含了荷蘭和德國沿海。這個區域還未受到太多人為的破壞，每年有一千萬至一千二百萬隻候鳥從西、南非洲向北遷移，並過境此處，可說是重要的候鳥棲息地。這塊潮間帶，在海水每天兩次退潮時會露出海床，人們不但可以徒步行走其上，郵件也會趁此時以馬車送到原本被海水圍繞、孤立於海中的小島上。更有趣的是，德國人每年都會在這片泥濘的海床上舉行賽馬。

附錄
Tag 4～7 解答

Tag 4～7 的「練習一下吧！」你都做了嗎？
跟著附錄的解答，看看自己究竟學會了多少吧！

附錄：**Tag 4 ～ 7 解答**

Tag 4（第四天）

1. 請完成下列的動詞變化：

	machen	hören	joggen	lernen
ich	**mache**	höre	jogge	lerne
du	machst	**hörst**	joggst	lernst
er / sie	macht	hört	**joggt**	lernt
wir	machen	hören	joggen	**lernen**
ihr	**macht**	hört	joggt	lernt
sie	machen	**hören**	joggen	lernen
Sie	machen	hören	**joggen**	lernen

2. 唸一唸下列數字：

a. 1 – 11 – 21 eins – elf – einundzwanzig

b. 2 – 12 – 22 zwei – zwölf – zweiundzwanzig

c. 3 – 13 – 33 drei – dreizehn – dreiunddreißig

d. 6 – 16 – 66 sechs – sechzehn – sechsundsechzig

e. 7 – 17 – 77 sieben – siebzehn – siebenundsiebzig

3. 請分解出數字：

   sechsundsiebzig / dreizehn / einundachtzig /
   fünf / siebenundsechzig / eins

4. 請依照下面的提示介紹自己：

   名字、國家、年齡、職業、居住城市、工作城市、喜好、手機號碼。

   Ich heiße ... / Ich komme aus ... /

   Ich bin ... Jahre alt. / Ich bin ... von Beruf. /

   Ich wohne in ... / Ich arbeite in ... /

   Mein Hobby ist ... , Ich ... gern. /

   Meine Handynummer ist ... /

5. 請組成問句：

   a. Wie alt ist Peter? – Peter ist 44 Jahre alt.
   b. Spielt Peter gern Fußball? – Ja, Peter spielt gern Fußball.
   c. Was bist du von Beruf? – Ich bin Sekretärin von Beruf.
   d. Woher kommen Sie? – Ich komme aus Taiwan.
   e. Heißen Sie Sabine Sauer? – Nein, Ich heiße Monika Meier.

Tag 5（第五天）

1. 請找出名詞：

a. haus / fernseher / drucker / kühlschrank / bett

b. glas / tasse / käse / saft / salat / wurst / brötchen

c. rucksack / geld / regenschirm / heft / münze

2. 請將下列名詞歸類：

Kreditkarte   Handy   Kugelschreiber

Tasche   Kaffee   Fenster   Computer

Uhr   Stuhl   Brot   Milch   Buch

Reis   Lampe   Cola   Mikrowelle   Saft

Mineralwasser   Regal   Tisch   Schlüssel   Kartoffel

der	die	das
ein	eine	ein
a. Kugelschreiber, Kaffee	b. Kreditkarte, Tasche, Uhr	c. Handy, Fenster
Computer, Stuhl, Reis	Milch, Lampe, Mikrowelle	Brot, Buch, Regal
Saft, Tisch, Schlüssel	Cola, Kartoffel	Mineralwasser

3. 請寫出阿拉伯數字：

    a. vierhunderteins   401

    b. neunhundertzwölf 912

    c. siebenhundertneunundachtzig   789

4. möchte – möchtet – möchten – trinken – essen – tanzen ?

    a. Ich möchte Milch trinken.   我想喝牛奶。

    b. Möchtet ihr Reis essen?   你們想吃米飯嗎？

    c. Wir möchten tanzen.   我們想跳舞。

5. er – sie – es ?

    a. Die Brieftasche ist neu. Er kostet 70 Euro.

    b. Das Mobiltelefon ist neu. Es kostet 150 Euro.

    c. Der Wein ist sauer. Er kostet 5 Euro.

    d. Die Brötchen sind hart. Sie sind nicht frisch.

Tag 6（第六天）

1. 連連看：

Mittwoch	星期二
Donnerstag	星期三
Samstag	星期四
Dienstag	星期六

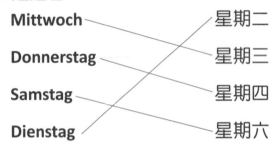

2. 連連看：

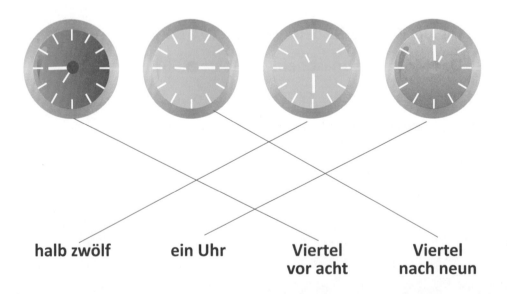

halb zwölf　　　**ein Uhr**　　　**Viertel vor acht**　　　**Viertel nach neun**

3. 所有格需要加字尾嗎？

Wo ist   <u>mein</u> X   Computer (r.)?

            <u>dein</u> X   Auto (s.)?

            <u>Ihr</u> X   Handy (s.)?

            <u>seine</u>   Uhr (e.)?

            <u>unsere</u>   Tasche (e.)?

            <u>eure</u>   Tochter (e.)?

            <u>ihr</u> X   Rucksack (r.)?

4. 請翻譯成中文：

a. Meine Schwester heißt Monika.
我的姊姊名叫 Monika（莫妮卡）。

b. Dein Sohn ist fleißig.   你的兒子很勤快。

c. Unser Großvater ist interessant.   我們的祖父很有趣。

d. Eure Mutter kommt um halb 10.   你們的母親九點半到。

5. 請寫出時間：

a. Wann isst Monika zu Mittag?
   – Um Viertel nach zwölf.（**12:15**）

b. Wann kauft Monika ein?   **– Um Viertel vor drei.**（**14:45**）

c. Trifft Monika um 16:15 Freunde?
   – Nein, um Viertel vor fünf.（**16:45**）

d. Fährt Monika um 18:45 nach Haus?
   – Nein, um Viertel nach sechs.（**18:15**）

Tag 7（第七天）

1. 請填寫定冠詞的受格形式：

   die – das – den ／ ein – einen – eine – x ／

   a. Das ist ein Mantel. Ich brauche den Mantel(r.).

   b. Es ist kalt. Ich brauche die Jacke(e.).

   c. Brauchst du den Schal(r.)?

   d. Braucht Monika die Stiefel(Pl.)?

   e. Peter braucht das Hemd(s.).

   f. Hast du einen Computer(r.), einen Drucker(r.),
      eine Lampe(e.), ein Auto(s.), x Sportschuhe(Pl.)?

2. 連連看：

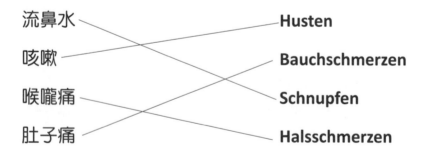

流鼻水 ——— Husten

咳嗽 ——— Bauchschmerzen

喉嚨痛 ——— Schnupfen

肚子痛 ——— Halsschmerzen

3. 請找出各種顏色：

gelb / rot / schwarz / braun / grün / blau / grau / rosa / weiß / lila

4. 連連看：

die Augen（眼睛）

die Nase（鼻子）

der Fuß（腳）

das Gesicht（臉）

die Finger（手指頭）

die Ohren（耳朵）

MEMO

MEMO

MEMO

MEMO

國家圖書館出版品預行編目資料

信不信由你 一週開口說德語 / 徐麗姍著
--初版--臺北市：瑞蘭國際,2013.07
208面；17×23公分 --（繽紛外語系列；25）
ISBN：978-986-5953-37-9（平裝附光碟片）
1.德語 2.讀本
805.28   102009038

繽紛外語系列 25

一週開口說德語

作者｜徐麗姍
總策劃｜繽紛外語編輯小組
責任編輯｜葉仲芸、王愿琦

封面、版型設計｜劉麗雪／發音嘴型插畫｜邱亭瑜
德文錄音｜徐麗姍／錄音室｜純粹錄音後製有限公司
校對｜徐麗姍、葉仲芸、王愿琦／印務｜王彥萍

董事長｜張暖彗／社長兼總編輯｜王愿琦／副總編輯｜呂依臻
副主編｜葉仲芸／編輯｜周羽恩／美術編輯｜余佳憓
企畫部主任｜王彥萍／業務部主任｜楊米琪

出版社｜瑞蘭國際有限公司／地址｜台北市大安區安和路一段104號7樓之一
電話｜(02)2700-4625／傳真｜(02)2700-4622／訂購專線｜(02)2700-4625
劃撥帳號｜19914152 瑞蘭國際有限公司／瑞蘭網路書城｜www.genki-japan.com.tw

總經銷｜聯合發行股份有限公司／電話｜(02)2917-8022、2917-8042
傳真｜(02)2915-6275、2915-7212／印刷｜宗祐印刷有限公司
出版日期：2013年7月初版1刷／定價：320元／ISBN：978-986-5953-37-9

瑞蘭國際